AFTER DARK

Libros de Haruki Murakami en Tusquets Editores

HARUKI MURAKAMI
AFTER DARK

Traducción del japonés de Lourdes Porta

M A X I
TUSQUETS
EDITORES

Título original: アフターダーク

1.ª edición en colección Andanzas: octubre de 2008
3.ª edición en colección Andanzas: noviembre de 2008
1.ª edición en colección Maxi: mayo de 2010
2.ª edición en colección Maxi: diciembre de 2010
3.ª edición en colección Maxi: julio de 2011
4.ª edición en colección Maxi: marzo de 2012

© Haruki Murakami, 2004

Ilustración de la cubierta: fotografía de Piotr Powietrzynski. © Piotr Powietrzynski / Photographer's Choice / Getty Images.

Fotografía del autor: © Iván Giménez / Tusquets Editores

© de la traducción: Lourdes Porta Fuentes, 2008

Diseño de la colección: FERRATERCAMPINSMORALES

Reservados todos los derechos de esta edición para
Tusquets Editores, S.A. - Cesare Cantù, 8 - 08023 Barcelona
www.tusquetseditores.com

ISBN: 978-84-8383-562-3
Depósito legal: B. 29.159-2011
Impresión y encuadernación: Black print CPI (Barcelona)
Impreso en España

3 3090 02065 4606

After Dark

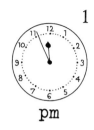

1

pm

Perfil de una gran ciudad.

Captamos esta imagen desde las alturas, a través de los ojos de un ave nocturna que vuela muy alto.

En el amplio panorama, la ciudad parece un gigantesco ser vivo. O el conjunto de una multitud de corpúsculos entrelazados. Innumerables vasos sanguíneos se extienden hasta el último rincón de ese cuerpo imposible de definir, transportan la sangre, renuevan sin descanso las células. Envían información nueva y retiran información vieja. Envían consumo nuevo y retiran consumo viejo. Envían contradicciones nuevas y retiran contradicciones viejas. Al ritmo de las pulsaciones del corazón parpadea todo el cuerpo, se inflama de fiebre, bulle. La medianoche se acerca y, una vez superado el momento de máxima actividad, el metabolismo basal sigue, sin flaquear, a fin de mantener el cuerpo con vida. Suyo es el zumbido que emite la ciudad en un bajo sostenido. Un zumbido sin vicisitudes, monótono, aunque lleno de presentimientos.

Nuestra mirada escoge una zona donde se concentra la luz, enfoca aquel punto. Empezamos a descender despacio hacia allí. Un mar de luces de neón de distintos colores. Es lo que llaman un barrio de ocio. Las enormes pantallas digitales instaladas en las paredes de los edificios han enmudecido al aproximarse la medianoche, pero los altavoces de las entradas de los locales siguen vomitando sin arredrarse música hip-hop en tonos exageradamente graves. Grandes salones recreativos atestados de jóvenes. Estridentes sonidos electrónicos. Grupos de universitarios que vuelven de una fiesta. Adolescentes con el pelo teñido de rubio y piernas robustas asomando por debajo de la minifalda. Oficinistas trajeados que cruzan corriendo la encrucijada a fin de no perder el último tren. Aún ahora, los reclamos de los karaoke siguen invitando alegremente a entrar. Un coche modelo Wagon de color negro y decorado de forma llamativa recorre despacio las calles como si hiciera inventario. Lleva una película negra adherida a los cristales. Parece una criatura, con órganos y piel especiales, que habita en las profundidades del océano. Una pareja de policías jóvenes hace la ronda por la misma calle con expresión tensa, pero casi nadie repara en ellos. A aquellas horas, el barrio funciona según sus propias reglas. Estamos a finales de otoño. No sopla el viento, pero el aire es frío. Dentro de muy poco comenzará un nuevo día.

Nos encontramos en Denny's.

Iluminación anodina, aunque suficiente; decoración y vajilla inexpresivas; diseño de planta calculado hasta el menor detalle por ingenieros expertos; música ambiental inocua sonando a bajo volumen; empleados formados para que sigan el manual a rajatabla. «Bienvenidos a Denny's.» Mires a donde mires, todo está concebido de forma anónima e intercambiable. El establecimiento se halla casi lleno.

Tras barrer el interior del local con la mirada, nuestros ojos se posan en una chica que está sentada junto a la ventana. ¿Por qué en ella? ¿Por qué no en otra persona? No lo sé. Sin embargo, por algún motivo, la chica atrae nuestra atención... de un modo espontáneo. Ocupa una mesa de cuatro asientos, está leyendo un libro. Sudadera gris con capucha, pantalones vaqueros, zapatillas deportivas de color amarillo desteñidas tras múltiples lavados. Sobre el respaldo del asiento contiguo cuelga una cazadora. Tampoco ésta parece nueva, en absoluto. Por lo que respecta a la edad, hará poco que la chica es universitaria. Ya no es una estudiante de bachillerato, pero aún conserva el aire del instituto. Tiene el pelo negro, liso, corto. Lleva poco maquillaje, ninguna joya. Cara pequeña y delgada. Gafas con montura negra. De vez en cuando frunce el entrecejo con aire reconcentrado.

Está absorta en la lectura. Apenas aparta los ojos del libro. Es un grueso tomo de tapa dura, pero, como lleva puesta la sobrecubierta de la librería, no se ve el título. Dada la gravedad con que lo lee, debe de tratarse de un libro de contenido muy serio. La chica no se salta una sola línea, sino que, por el contrario, parece ir masticándolas a conciencia, una a una.

Sobre la mesa hay una taza de café, un cenicero y, al lado de éste, una gorra de béisbol de color azul marino con la «B» de los Boston Red Sox. Posiblemente le vaya un poco grande. En el asiento contiguo descansa un bolso bandolera de piel marrón. A juzgar por lo abultado del bolso, la chica ha ido embutiendo en él de forma apresurada todo cuanto le ha venido a la cabeza. Alza la taza a intervalos regulares y se la lleva a la boca, pero no parece que saboree el café. Tiene la taza delante y se toma el café porque eso es lo que tiene que hacer. Como si se acordara de pronto, se pone un cigarrillo entre los labios y lo enciende con un mechero de plástico. Achica los ojos, lanza el humo de manera libre y fácil, deja el cigarrillo en el cenicero y, luego, se acaricia las sienes con la punta de los dedos como si quisiera alejar el presentimiento de un futuro dolor de cabeza.

La música que suena a bajo volumen es *Go Away Little Girl*, de Percy Faith y su orquesta. Nadie la escucha, por supuesto. Hay gente muy diversa comiendo y tomando café en Denny's esa madrugada, pero ella está sola. De vez en cuando levanta la mirada del libro y echa una ojeada al reloj de pulsera. Por lo visto, el tiempo no avanza tan rápido como ella quisiera. Tampoco parece que haya quedado con alguien. No recorre el interior del local con la mirada ni dirige los ojos hacia la puerta. Simplemente está sola leyendo un libro y fuma algún que otro cigarrillo, inclina la taza de café con un gesto maquinal y espera a que el tiempo transcurra deprisa, aunque sólo sea un poco. Sin embargo, es obvio que aún falta mucho para el amanecer.

La chica interrumpe la lectura y mira hacia fuera. Por la ventana del primer piso puede ver, a sus pies, la calle concurrida. Aún a aquellas horas la calle está llena de luz, con una multitud de transeúntes que van y vienen. Personas que se dirigen a algún sitio y otras que no se dirigen a ninguno. Personas que tienen un objetivo y otras que no lo tienen. Personas que querrían detener el paso del tiempo y otras que querrían acelerarlo. Tras permanecer un rato contemplando esa imagen deslavazada de la ciudad, la chica respira hondo y vuelve a posar los ojos sobre las páginas del libro. Alarga la mano hacia la taza de café. En el cenicero, el cigarrillo, al que sólo ha dado unas caladas, va convirtiéndose en ceniza sin perder su forma original.

Se abre la puerta automática y un hombre joven, alto y desgarbado, entra en el local. Chaqueta de piel negra, pantalones chinos arrugados de color verde oliva, zapatones marrones. Lleva el pelo bastante largo, con greñas. Quizá se deba a que durante los últimos días no ha tenido la oportunidad de lavárselo. O quizás a que acaba de cruzar algún matorral muy espeso. O puede que, para él, lo habitual sea llevar el pelo enmarañado. Está delgado, pero, más que tener un físico elegante, lo que parece es desnutrido. Del hombro le cuelga un gran estuche de color negro de un instrumento musical. De un instrumento musical de viento. Además, en la mano sostiene una sucia bolsa de lona. Atiborrada, al parecer, de partituras y de varios objetos de pequeño tamaño. En la mejilla derecha presenta un corte profundo que atrae las miradas. Una pequeña cicatriz producto, al parecer, de la incisión de un objeto afilado. Aparte de esto, nada en él llama particularmente la atención. Es un joven normal y corriente. Tiene el aire de un perro cruzado, bonachón, aunque no muy listo, que vaga perdido por las calles.

La camarera encargada de acomodar a los clientes se acerca y lo conduce hasta una mesa al fondo del local. Pasa por delante de la chica que lee. Y, en el preciso instante en que acaba de dejar la mesa atrás, el joven se detiene, como si de repente le hubiera venido algo a la cabeza, retrocede despacio igual que si estuviera rebobinando una película y vuelve junto a la mesa. Ladea la cabeza, mira con profundo interés el rostro de la chica. Resigue sus recuerdos. Le cuesta acordarse. Es el tipo de persona que se demora al realizar cualquier cosa.

La chica percibe su presencia y alza la mirada, entrecierra los ojos, mira al joven que se le ha plantado delante. Es tan alto que tiene que levantar mucho la cabeza. Sus miradas se encuentran. El chico esboza una sonrisa. Una sonrisa que intenta demostrar que no abriga ninguna mala intención.

Él le dirige la palabra.

–Oye, perdona si me equivoco, pero tú eres la hermana de Eri Asai, ¿verdad?

Ella no dice nada. Mira el rostro del joven con ojos de estar contemplando un arbusto demasiado espeso en un rincón del jardín.

–Nos vimos una vez –prosigue el joven–. Te llamas Yuri, ¿verdad? Tu nombre tiene una sílaba diferente al de tu hermana.

Todavía observándolo con cautela, ella lo corrige de forma concisa:

–Mari.

El joven levanta el dedo índice.

–¡Eso es! Mari. Eri y Mari. Una sílaba distinta. No te acuerdas de mí, ¿verdad?

Mari ladea levemente la cabeza. Puede significar tanto que sí como que no. Se quita las gafas y las deja junto a la taza de café.

La camarera vuelve y pregunta:

–¿Están juntos?

–Sí –responde él.

La camarera deposita la carta sobre la mesa. El hombre toma asiento frente a Mari y deja el estuche del instrumento musical en el asiento contiguo. Luego le pregunta, como si se acordara de pronto:

–No te importa que me siente aquí un rato, ¿verdad? Después de comer me iré enseguida. He quedado en otra parte.

Mari frunce levemente el entrecejo.

–Eso se dice antes, ¿no crees?

El hombre reflexiona sobre el significado de sus palabras.

–¿Que he quedado luego?

–No me refiero a eso –dice Mari.

–O sea, que se trata de una cuestión de modales.

–Sí.

El hombre asiente.

–Tienes razón. Debería haberte preguntado primero si podía compartir tu mesa. Te pido perdón. Pero el local está lleno y voy a quedarme poco rato. ¿Te importa?

Mari se encoge levemente de hombros. Con ello viene a decir: «Haz lo que quieras».

El hombre abre la carta, la mira.

–¿Ya has comido?

–No tengo hambre.

Tras estudiar un rato la carta con expresión seria, el hombre la cierra de golpe y la deja sobre la mesa.

–La verdad es que no me hace ninguna falta abrir la carta. Hago como que la miro, nada más.

Mari no dice nada.

–Aquí, yo sólo como ensalada de pollo. Siempre. Si quieres mi opinión, la ensalada de pollo es lo único que vale la pena. Y mira que he tomado casi todo lo que tienen en la carta. ¿Has probado la ensalada de pollo?

Mari sacude la cabeza.

–No está mal. Ni la ensalada de pollo ni las tostadas crujientes. Yo, en Denny's, no como otra cosa.

–Entonces ¿por qué te miras la carta de cabo a rabo?

Él se alisa las arruguitas del rabillo del ojo con la punta del dedo.

16

–Imagínatelo. Tú entras en Denny's y, sin mirar la carta, vas y pides directamente una ensalada de pollo. Es un poco patético, ¿no te parece? Da la sensación de que vienes cada día a Denny's, muerto de ganas de comerte una ensalada de pollo. Así que abro la carta y simulo que dudo entre una cosa y otra antes de decidirme por la ensalada de pollo.

Cuando la camarera le trae el agua, él le pide una ensalada de pollo y unas tostadas muy crujientes.

–Que estén muy hechas –remarca–. Casi quemadas.

Añade un café para después de comer. La camarera introduce el pedido en la máquina que lleva consigo y lo confirma leyéndolo en voz alta.

–Y otra taza de café para ella..., ¿verdad? –dice señalando la taza de Mari.

–De acuerdo. Enseguida le traigo el café.

El hombre se queda contemplando cómo se aleja la camarera.

–¿No te gusta el pollo? –pregunta él.

–No es eso –dice Mari–. Es que no suelo comer pollo fuera de casa.

–¿Y eso por qué?

–Porque en las cadenas de restaurantes sirven un pollo atiborrado de sustancias químicas. Porquerías para activar el crecimiento y cosas por el estilo. Encierran a los pollos en jaulas estrechas y oscuras, les ponen un montón de inyecciones, los alimentan con piensos llenos de aditivos y luego los cargan sobre las cintas transportadoras y unas máquinas les van retorciendo el pescuezo, otras máquinas los van desplumando...

–¡Caramba! –exclama él. Y sonríe. Al sonreír se le marcan más las arrugas del rabillo del ojo–. Ensalada de pollo al estilo George Orwell.

Mari achica los ojos y lo mira. Es incapaz de juzgar si se está burlando de ella o no.

–En fin, que aquí la ensalada de pollo no está mal. En serio.

Tras pronunciar estas palabras, como si se acordara de pronto, se quita la chaqueta de piel, la dobla y la deja sobre el asiento contiguo. Luego se frota las palmas de las manos con fuerza encima de la mesa. Bajo la chaqueta lleva un jersey de cuello redondo de color verde. La lana está deshilachada aquí y allá, igual que su pelo. Al parecer, no es el tipo de persona que concede gran importancia a su aspecto.

–Nos vimos en la piscina de un hotel de Shinagawa. Hace dos veranos. ¿Te acuerdas?

–Más o menos.

–Estábamos un amigo mío, tu hermana, tú y yo. Cuatro en total. Nosotros acabábamos de entrar en la universidad y tú debías de estar en segundo año de bachillerato. ¿Correcto?

Mari asiente sin gran interés.

–Mi amigo salía por entonces con tu hermana mayor y habían organizado una cita doble incluyéndome a mí. No sé dónde les habían dado cuatro invitaciones. Y tu hermana te trajo a ti. Pero tú apenas abriste la boca y te pasaste todo el tiempo metida en

18

la piscina, nadando como un delfín jovencito. Luego fuimos los cuatro al salón de té del hotel y tomamos un helado. Tú pediste un melocotón Melba.

Mari arruga el entrecejo.

–¿A qué se debe que te acuerdes de todas esas tonterías?

–Es que nunca había salido con una chica que tomara un melocotón Melba y, además, porque tú eras muy mona, claro.

–Mentira. Estuviste todo el rato comiéndote a mi hermana con los ojos.

–¿Ah, sí?

Mari responde con un silencio.

–Es posible que también hiciera eso –reconoce él–. No sé por qué, pero recuerdo que llevaba un bikini muy pequeño.

Mari saca un cigarrillo del paquete, se lo pone entre los labios y lo enciende.

–Oye –dice él–. No es que quiera defender a Denny's, pero me da la impresión de que, para la salud, es peor fumarse un paquete de cigarrillos que comerse una ensalada de pollo, por muchos problemas que ésta *pueda* tener. ¿No te parece?

Mari ignora su argumentación.

–Aquel día tenía que ir otra chica, pero se encontró mal en el último momento y mi hermana me obligó a acompañarla. Porque faltaba una chica.

–Por eso estabas de mal humor.

–Pero me acuerdo de ti.

–¿De veras?

Mari se lleva un dedo a la mejilla derecha. El hombre se toca la profunda cicatriz.

–¡Ah, esto! Un día, cuando era pequeño, iba muy deprisa con la bicicleta y no pude tomar la curva en una pendiente. Dos centímetros más y pierdo el ojo derecho. También tengo el lóbulo de la oreja deformado, ¿quieres verlo?

Mari arruga el entrecejo y niega con la cabeza.

La camarera trae la ensalada de pollo y las tostadas. Vuelve a llenar de café recién hecho la taza de Mari. Y comprueba si ha traído todo lo que le han pedido. Él echa mano del tenedor y el cuchillo y empieza a comer la ensalada de pollo con movimientos expertos. Luego toma en la mano una tostada y se la queda mirando de hito en hito.

Frunce el ceño.

–Por mucho que insista en que quiero las tostadas muy crujientes, jamás, ni una sola vez, me las han traído tal como las he pedido. No lo entiendo. Si sumamos la laboriosidad japonesa a la cultura de la alta tecnología y a los principios del mercado que sigue Denny's, no tendría por qué serles tan difícil hacer una tostada muy crujiente. ¿No te parece? ¿Cómo es posible que no lo logren? ¿Y qué valor tiene una civilización incapaz de hacerle a uno las tostadas tal y como las pide?

Mari ignora sus comentarios.

–En fin, que tu hermana era guapísima –dice él como hablando para sí.

Mari levanta la cabeza.

–¿Por qué hablas en pasado?

–¿Por qué? Pues he usado el pasado porque estaba hablando de cosas que han sucedido hace tiempo. Con ello no pretendo decir que tu hermana no sea ahora guapa.

–Es que, por lo visto, todavía lo es.

–Perfecto. Aunque la verdad es que no conozco mucho a Eri Asai. En bachillerato fuimos un año a la misma clase, pero apenas cruzamos cuatro palabras. Bueno, sería más exacto decir que no me dio la oportunidad de hablar con ella.

–Pero te interesa, ¿no es cierto?

El hombre se queda con el tenedor y el cuchillo suspendidos en el aire, reflexiona unos instantes.

–¿Si me interesa? Pues, no sé. Digamos que siento una especie de curiosidad intelectual.

–¿Curiosidad intelectual?

–Sí. Es decir, que me pregunto cómo debe de sentirse uno al salir con una chica tan guapa como Eri Asai. Sí, eso. Algo por el estilo. Es que parece una modelo de esas que salen en las revistas.

–¿Y a eso lo llamas «curiosidad *intelectual*»?

–Pues es una modalidad.

–Pero aquel día era tu amigo el que salía con ella y tú ibas de acompañante, ¿no?

Él asiente con la boca llena. Mastica con calma, tomándose su tiempo.

–Yo soy una persona más bien discreta. A mí no me van los focos. Me cuadra más ir de acompañante. Como la col adobada, las patatas fritas o el segundo Wham.

—Ya. Por eso te emparejaron conmigo.

—Pero tú eras bastante mona.

—Tienes una predilección muy marcada por el tiempo pasado, ¿verdad?

—No es eso. Es que te estoy hablando de unas impresiones que tuve en el pasado. Eras bastante mona. En serio. Claro que tú casi no me dijiste nada.

Deja el tenedor y el cuchillo en el plato, toma un sorbo de agua y después se limpia las comisuras de los labios con la servilleta de papel.

—Así que yo, mientras tú nadabas, se lo pregunté a Eri Asai. ¿Por qué tu hermana pequeña no habla conmigo? ¿Tengo algo malo?

—¿Y qué te contestó ella?

—Que tú no solías hablar con la gente por iniciativa propia. Que eras un poco rara y que, pese a ser japonesa, hablabas más en chino que en japonés. Y que no me preocupara. Que no creía que yo tuviera nada malo.

Mari calla y aplasta la colilla en el cenicero.

—Porque tú no me viste nada malo, ¿verdad?

Mari piensa un poco.

—No me acuerdo tanto, pero no. No creo que tuvieras nada malo.

—¡Menos mal! Eso me preocupaba mucho. Ya sé que tengo defectos, pero, en fin, eso son cosillas particulares y me fastidiaría mucho que saltaran a la vista. Especialmente al lado de una piscina durante las vacaciones de verano.

Mari vuelve a mirar el rostro de su interlocutor como si quisiera cerciorarse.

–No creo que viera esas cosillas particulares.

–¡Uf! Me tranquiliza oírlo.

–Pero no recuerdo tu nombre –dice Mari.

–¿Mi nombre?

–Sí.

Él sacude la cabeza.

–No importa que lo hayas olvidado. Es el nombre más vulgar del mundo. Incluso a mí me entran ganas de olvidarlo a veces. Pero es el mío y no resulta tan fácil olvidarse de tu propio nombre. Aunque los de los demás se me olvidan todos, incluso los que debería recordar.

Dirige una mirada rápida a la calle, como si estuviera buscando algo que no debería haber perdido jamás. Luego vuelve a clavar los ojos en Mari.

–Hay algo muy extraño que desde entonces no he logrado averiguar y es por qué tu hermana no se metió ni una sola vez en el agua. Hacía mucho calor aquel día, y ya que habíamos ido expresamente a aquella piscina tan fantástica...

Mari pone cara de querer decir: «¿Ni siquiera eso entiendes?».

–Pues porque no quería que se le corriera el maquillaje. Es evidente, ¿no? Además, el bikini que llevaba no era precisamente lo que te pones para nadar, ¿no te parece?

–¡Ah! Ya veo –dice–. Pues vosotras dos, pese a ser hermanas, os tomáis la vida de un modo muy distinto.

–Somos dos personas distintas.

Durante unos instantes, el hombre le da vueltas a lo que ella acaba de decir. Luego habla.

–¿Por qué será que todos tomamos caminos tan diferentes? Quiero decir que vosotras dos, sin ir más lejos, habéis nacido de los mismos padres, habéis crecido en la misma casa, las dos sois chicas. ¿A qué se debe entonces que hayáis acabado teniendo personalidades tan distintas, como el blanco y el negro? ¿En qué momento se produjo esa especie de bifurcación? Una se pone un bikini del tamaño de un banderín de señalizaciones y se tiende supersexy al lado de la piscina mientras la otra se pone un bañador de colegiala y se pasa el rato nadando como un delfín...

Mari clava la mirada en el rostro de su interlocutor.

–¿Pretendes que te lo explique, aquí y ahora, con menos de doscientos caracteres, mientras tú te comes la ensalada de pollo?

El hombre sacude la cabeza.

–No. Sólo estaba formulando en voz alta lo que se me había ocurrido, una especie de curiosidad. Tú no tienes por qué responderme. Me lo estaba preguntando a mí mismo. Sólo eso. –El hombre se dispone a emprenderla de nuevo con la ensalada de pollo, pero se lo piensa mejor y prosigue–: Yo no tengo hermanos, ¿sabes? Así que sólo quería conocer tu opinión. Los hermanos, hasta qué punto se parecen y en qué son diferentes.

Mari calla. El hombre, cuchillo y tenedor en mano, tiene la mirada clavada en un punto del espacio, sobre la mesa, mientras reflexiona.

Y habla.

–Una vez leí la historia de tres hermanos a los que una corriente de agua arrastró hasta una isla de Hawai. Es un mito. Uno muy antiguo. Lo leí cuando era pequeño y no me acuerdo de todos los detalles, pero la cosa iba así. Tres hermanos salieron a pescar, zozobraron por culpa de una tormenta y flotaron mucho tiempo a la deriva hasta que fueron arrojados por las olas a la playa de una isla deshabitada. Era una isla muy hermosa, con muchas palmeras, con árboles cargados de frutos y una montaña altísima irguiéndose en el centro de la isla. Aquella noche, un dios se apareció en sueños a los tres hermanos y les dijo: «En la playa, un poco más allá, encontraréis tres grandes rocas redondas. Empujadlas hasta donde queráis. Y allí donde os detengáis será donde viviréis. Cuanto más arriba subáis, tanto más lejos alcanzaréis a ver el mundo. Decidid vosotros hasta dónde queréis llegar».

El hombre bebe un sorbo de agua y hace una pausa. Mari pone cara de indiferencia, pero escucha la historia con atención.

–¿Lo has entendido bien hasta aquí?

Mari hace un pequeño gesto de asentimiento.

–¿Quieres oír cómo sigue? Es que, si no te interesa, me callo.

–Si no se alarga mucho.

–No. Es una historia bastante simple.

Tras tomar otro sorbo de agua, reemprende el relato.

–Tal como les ha dicho el dios, los tres hermanos encuentran tres grandes rocas en la playa. Y tal como les ha dicho el dios que hagan, empiezan a empujarlas. Las rocas son muy grandes y pesadas, cuesta mucho moverlas y, además, hacerlas rodar pendiente arriba es terriblemente duro. El hermano menor es el primero en dejar oír su voz. «Hermanos», dice, «a mí ya me parece bien este lugar. Está cerca de la orilla y aquí podré pescar. Tendré suficiente para vivir. No me importa que mis ojos no alcancen a ver el mundo en toda su magnitud.» Los otros dos hermanos siguieron avanzando. Pero, al llegar a media montaña, el segundo hermano dejó oír su voz. «Hermano, a mí ya me parece bien este lugar. Aquí hay fruta en abundancia y tendré suficiente para vivir. No me importa que mis ojos no alcancen a ver el mundo en toda su magnitud.» El hermano mayor siguió avanzando por la cuesta. El camino era cada vez más estrecho y escarpado, pero él no flaqueó. Tenía un carácter muy perseverante y deseaba ver el mundo en toda su magnitud. Así que siguió empujando la roca hasta la extenuación. Tardó meses, casi sin comer ni beber, en arrastrar la roca hasta la cima de la montaña. Una vez allí, se detuvo y contempló el mundo. Alcanzaba a ver más lejos que nadie. Allí era donde viviría en lo sucesivo. En aquel lugar no crecía la hierba, ni tampoco volaban los pájaros. Para beber, sólo podía lamer el hielo y la escarcha. Para comer, sólo podía mordisquear el musgo. Pero él no se arrepintió. Porque podía contemplar el mundo entero... Y por eso, todavía ahora, hay una enorme roca redonda en la cima de la montaña de aquella isla de Hawai. Ésa era la historia.

Silencio.

Mari pregunta:

–¿La historia tiene alguna moraleja, o algo por el estilo?

–Moralejas, yo diría que tiene dos. Una –dice él alzando un dedo–, que todos somos distintos. Incluidos los hermanos. Y la otra –dice alzando un segundo dedo–, que si realmente quieres saber algo, tienes que pagar un precio por ello.

–Pues a mí me parece más sensata la vida que escogieron los dos hermanos menores –opina Mari.

–Sí, claro –reconoce él–. A nadie se le ocurre ir a Hawai para acabar lamiendo escarcha y comiendo musgo. Por descontado. Pero el hermano mayor sentía curiosidad por ver el mundo en toda su magnitud, y no pudo reprimirla. Por muy elevado que fuera el precio que tuviera que pagar.

–Curiosidad intelectual.

–Exacto.

Mari está pensando en algo. Tiene una mano apoyada sobre el grueso libro.

–Aunque te lo preguntara con toda la educación del mundo, supongo que no me dirías qué estás leyendo, ¿verdad? –dice.

–Posiblemente no.

–Parece muy pesado.

Mari calla.

–No tiene la medida que suelen tener los libros que las chicas llevan en el bolso.

Mari guarda silencio. Él se da por vencido y sigue comiendo. Esta vez no dice nada, concentra su atención en la ensalada de pollo y se la come toda. Mastica tomándose su tiempo, bebe mucha agua. Le pide varias veces a la camarera que le llene de nuevo el vaso. Se come el último trozo de tostada.

–Vivías en Hiyoshi, ¿verdad? –pregunta él. En ese momento, ya le han retirado el plato vacío.

Mari asiente.

–Pues ya no estás a tiempo de tomar el último tren. A no ser que vuelvas a casa en taxi, tendrás que esperar hasta el tren de mañana por la mañana.

–Eso ya lo sé –dice Mari–. Hasta ahí alcanzo.

–Muy bien, entonces.

–No sé dónde vivirás tú, pero también has perdido el último tren, ¿no?

–En Kôenji. Pero yo vivo solo y, de todas formas, iba a pasarme la noche ensayando. Además, si llega el caso, uno de mis colegas tiene coche.

Golpea suavemente el estuche del instrumento musical que se encuentra a su lado. Parece que esté dándole palmaditas en la cabeza a un perro fiel.

–Los de mi grupo ensayamos en el sótano de un edificio de por aquí. Puedes meter tanto ruido como quieras, nadie se queja. La calefacción no funciona bien y, en esta época del año, te congelas, pero nos lo dejan usar gratis, así que no podemos andarnos con exigencias.

Mari dirige una mirada al estuche.

–¿Es un trombón?

–Sí. ¿Cómo lo sabes? –dice él ligeramente sorprendido.

–Sé qué forma tiene un trombón. Hasta ahí alcanzo.

–Sí, ya. Pero este mundo está lleno de chicas que ni siquiera saben que el trombón existe. En fin, supongo que es inevitable. Ni Mick Jagger ni Eric Clapton se convirtieron en estrellas del rock tocando el trombón precisamente. ¿Y has visto alguna vez a Jimi Hendrix o a Pete Townshend destrozando un trombón en el escenario? Ni pensarlo. Todos destrozan guitarras eléctricas. Si machacaran un trombón, lo único que harían es el ridículo.

–Entonces ¿por qué lo has elegido tú?

El hombre se echa crema de leche en el café que le acaban de servir y da un sorbo.

–Cuando estaba en secundaria, un día, por casualidad, encontré un disco de jazz que se llamaba *Bluesette* en una tienda de discos de segunda mano. Un elepé muy, muy viejo. No tengo ni idea de por qué lo compré. Ya ni me acuerdo. Porque yo, hasta entonces, no había escuchado nunca jazz. En fin, sea como sea, la primera melodía de la cara A se llamaba *Five Spot After Dark* y era *alucinante*. El trombón lo tocaba Curtis Fuller. La primera vez que lo oí tuve una especie de revelación. ¡Sí! ¡Ése es mi instrumento! El trombón y yo. El destino nos había unido.

El hombre tarareó los primeros ocho compases de *Five Spot After Dark*.

—La conozco —dice Mari.

Él pone cara de pasmo.

—¿La conoces?

Mari tararea los ocho compases siguientes.

—¿Y cómo es que la conoces? —pregunta él.

—¿Hay algo malo en ello?

Él deja la taza de café sobre la mesa y sacude ligeramente la cabeza.

—No, no hay nada malo. Sólo es que... Es que no me lo puedo creer. Que, hoy en día, una chica conozca *Five Spot After Dark*... En fin, el caso es que Curtis Fuller me alucinó y, a raíz de eso, empecé a tocar el trombón. Les pedí a mis padres que me prestaran algo de dinero, me compré un trombón de segunda mano, entré en el club de música de la escuela y, desde el bachillerato, voy tocando en uno u otro grupo. Al principio hacía de acompañamiento en conjuntos de rock. Una especie del *Tower of Power* de antes. ¿Conoces *Tower of Power*?

Mari niega con la cabeza.

—No importa. Total, que antes hacía eso, pero ahora toco jazz, puro y desnudo. Mi universidad no es nada del otro mundo, pero tiene un grupo de música que no está mal.

La camarera se acerca a llenarle de nuevo el vaso de agua. Él hace un gesto negativo. Echa una ojeada al reloj de pulsera.

—Ya es la hora. Tendría que irme.

Mari calla. La expresión de su cara indica: «Nadie te retiene».

–Claro que todos llegan siempre tarde –dice él.

Mari no hace ningún comentario al respecto.

–Oye, ¿saludarás a tu hermana de mi parte?

–¿Y por qué no la llamas y lo haces tú mismo? Tienes el número de casa, ¿no? Y, además, ¿cómo quieres que la salude de tu parte si no sé cómo te llamas?

Él reflexiona unos instantes.

–Sí, pero si llamo a tu casa y se pone Eri Asai, ¿qué diablos le digo yo?

–Pues le preguntas algo sobre la Asociación de Antiguos Alumnos de bachillerato. Yo qué sé. Ya se te ocurrirá algo, supongo.

–Es que a mí no se me da muy bien eso de hablar. No me sale.

–Pues conmigo no te callas.

–Es que contigo, no sé por qué, sí puedo hablar.

–¿Conmigo, *no sabes por qué*, sí puedes hablar? –repite Mari–. Pero cuando tienes a mi hermana delante, te cortas.

–Sí, quizás.

–¿Por culpa de un exceso de curiosidad intelectual?

En el rostro de él aflora una expresión ambigua que significa: «¡Vete a saber!». Está a punto de añadir algo, pero cambia de idea y se calla. Exhala un hondo suspiro. Luego alcanza la cuenta que está sobre la mesa y calcula mentalmente a cuánto asciende.

–Si te dejo mi parte, ¿lo pagarás luego todo junto?

Mari asiente.

El hombre mira a Mari, mira el libro que está leyendo. Tras vacilar unos instantes, dice:

–Oye, tal vez me esté metiendo donde no me llaman, pero ¿te ha pasado algo? No sé, me refiero a si te van mal las cosas con tu novio o te has peleado con tus padres. Vamos, como estás en la calle sola a estas horas...

Mari se pone las gafas, alza los ojos y los clava en su interlocutor. Se produce un silencio denso y frío. El hombre levanta las manos y vuelve las palmas hacia ella. Como si dijera: «Siento haberme metido en lo que no me importa».

–A las cinco de la mañana, volveré a pasarme a tomar algo –dice él–. Seguro que luego me entra hambre. Me gustaría volver a verte entonces.

–¿Y eso por qué?

–Pues ¿por qué ha de ser?

–¿Porque estás preocupado por mí?

–Algo hay de eso.

–¿Porque quieres que salude a mi hermana de tu parte?

–Puede que también haya algo de eso.

–Mi hermana es incapaz de distinguir un trombón de un horno-tostador. Claro que un Prada y un Gucci sí los distingue de una ojeada.

–Todos tenemos nuestros propios campos de batalla –dice él con una sonrisa.

Se saca una agenda del bolsillo de la chaqueta, escribe algo con el bolígrafo. Arranca la hoja y se la entrega a ella.

–Aquí tienes mi número de móvil. Si pasa algo, ya sabes dónde localizarme. ¿Y tú? ¿Tienes móvil?

Mari niega con la cabeza.

–Ya. Me daba esa impresión –dice él admirado–. Lo intuía. Seguro que a esta chica no le gustan los móviles.

El hombre coge el estuche del trombón y se levanta. Se pone la chaqueta de piel. En su rostro todavía queda el rastro de una sonrisa.

–Nos vemos.

Mari asiente, inexpresiva. Sin mirarlo apenas, deja la hoja de papel junto a la cuenta. Luego respira hondo, apoya una mejilla en la palma de la mano y vuelve a entregarse a la lectura. En el local suena a bajo volumen *April Fools*, de Burt Bacharach.

2

La habitación está a oscuras. Pero nuestros ojos se van acostumbrando paulatinamente a las tinieblas. Hay una mujer tendida en la cama, durmiendo. Una mujer joven y hermosa: Eri. Eri Asai, la hermana mayor de Mari. Nadie nos lo ha dicho, pero nosotros, ignoro cómo, lo sabemos. Su negra cabellera se desparrama sobre la almohada como un torrente de agua oscura. Nuestras miradas confluyen en ella, la observamos. O quizá sería más acertado decir que la *espiamos*. Ahora nuestros ojos se convierten en una cámara aérea que flota por el aire y que puede desplazarse libremente por la estancia. En estos instantes, la cámara se sitúa justo sobre la cama, enfoca el rostro dormido de Eri. Nuestro ángulo de visión va cambiando a intervalos rítmicos, como parpadeos. Sus labios, pequeños y bien dibujados, están cerrados formando una línea recta. A primera vista no se aprecian señales de que respire. Pero, al aguzar la mirada, podemos distinguir, de vez en cuando, un ligero, *muy ligero*, movimiento en la garganta. Eri respira. Yace con la cabeza apoyada sobre la almohada, vuelta hacia el techo. En realidad no está mirando nada. Tiene los párpados cerrados como la dura yema de una planta en invierno. Duerme profundamente. Es posible que ni siquiera sueñe.

Conforme observamos a Eri Asai, nos invade la sensación de que en su sueño hay algo *anormal*. Su manera de dormir es demasiado pura, demasiado perfecta. Ni un solo músculo de su rostro, ni una sola pestaña, se mueven. Su esbelto cuello blanco preserva el profundo silencio de un objeto de artesanía, y su pequeña barbilla, convertida en un relieve orográfico de hermosas formas, traza un ángulo noble y perfecto. Por muy profundamente que duerma, nadie puede adentrarse tanto en los territorios del sueño. Jamás se abandona la conciencia por completo, hasta tal punto.

Pero, dejando aparte el hecho de que exista o no la conciencia, las funciones fisiológicas necesarias para conservar la vida se mantienen activas. La respiración y el pulso alcanzan el mínimo nivel posible. La existencia se sitúa en el estrecho umbral que separa lo orgánico de lo inorgánico..., con sigilo, con precaución. Sin embargo, todavía no somos capaces de saber cómo y por qué ha llegado a este estado. Eri Asai se encuentra sumida en un profundo y elaborado sueño, como si todo su cuerpo estuviese envuelto en cera tibia. Y es evidente que aquí hay algo incompatible con lo natural. Por ahora, esto es todo cuanto podemos juzgar.

La cámara va retrocediendo despacio, ahora capta la

imagen completa de la habitación. Luego va captando cada detalle en busca de indicios. La estancia no se ve profusamente decorada. No es una habitación que permita adivinar los gustos ni la personalidad de su dueña. Si observáramos sin prestar mucha atención ni siquiera podríamos deducir que se trata de la habitación de una chica. No aparecen por ninguna parte ni muñecas, ni animalitos de felpa, ni accesorios. No hay pósters, ni siquiera un calendario. En el lado de la ventana hay un viejo escritorio de madera, una silla giratoria. Una persiana enrollable cuelga de la ventana. Sobre el escritorio hay una sencilla lámpara negra, un ordenador tamaño cuaderno de última generación (con la tapa cerrada). Algunos lápices y bolígrafos dentro de una taza grande. Junto a la pared, una sencilla cama individual de madera donde duerme Eri Asai. La colcha es blanca y lisa. En el lado opuesto a la cama, en una estantería instalada en la pared, hay un pequeño equipo de música y algunos cedés apilados. A su lado, un teléfono y un televisor de dieciocho pulgadas. Un tocador con espejo. Frente al espejo, sólo hay una crema protectora de labios y un cepillo del pelo, pequeño y redondo. Apoyado en la pared, un armario de cuerpo entero. Como única decoración de la estancia, cinco pequeñas fotografías enmarcadas alineadas en uno de los estantes. Todas son de Eri Asai. En todas se la ve a ella sola. En ninguna aparece acompañada de algún familiar o amigo. Todas son fotografías profesionales en las que posa como modelo. Posiblemente son fotos publicadas en alguna revista. Hay una pequeña librería, pero los libros pueden contarse con los dedos de una mano y la mayoría son, además, manuales de las asignaturas que cursa en la universidad. Luego, vemos una montaña de revistas de moda de gran tamaño apiladas. Difícilmente podemos afirmar que sea una gran lectora.

Nuestra perspectiva, a modo de una cámara invisible, va captando, uno tras otro, todos los objetos de la habitación, los reproduce con detenimiento, tomándose su tiempo. Somos unos intrusos, anónimos e invisibles. Miramos. Aguzamos el oído. Olemos. Pero, físicamente, no estamos presentes en el lugar, no dejamos rastro. Respetamos las reglas de los genuinos viajeros a través del tiempo. Observamos, pero no intervenimos. Para ser exactos, la información sobre Eri Asai que podemos inferir del aspecto de la habitación es muy pobre. Da la impresión de que previamente nos ha ocultado su personalidad, de que está logrando escapar con gran astucia de los ojos que la observan.

A la cabecera de la cama, un reloj digital actualiza, mudo y constante, el tiempo. En estos instantes es lo único que muestra algo parecido al movimiento en el interior de la estancia. Un cauteloso animal nocturno que funciona con un mecanismo eléctrico. Los dígitos, de un verde cristal líquido, se suceden esquivando las miradas ajenas. Ahora son las 11:59 de la noche.

Nuestra mirada, convertida en cámara, una vez ha

dejado de observar los detalles, retrocede y barre de nuevo el interior de la estancia. Como si estuviese indecisa, enfoca momentáneamente la habitación en toda su magnitud. Durante esos instantes, el punto de vista permanece fijo. Se expande un silencio lleno de significados. Sin embargo, poco después, como si de pronto se le hubiese ocurrido, enfoca el televisor que se halla en un rincón del cuarto y se aproxima a él. Es un televisor Sony, negro y cuadrado. La pantalla está oscura, muerta, como el lado oculto de la luna. Sin embargo, la cámara parece haber detectado en ella un indicio. O quizás una especie de señal. Primer plano de la pantalla. Todavía sin decir una sola palabra, compartimos con la cámara este indicio, esta señal, y fijamos los ojos en la pantalla.

Esperamos. Conteniendo el aliento, aguzando el oído.

Aparecen los dígitos 0:00.

A nuestros oídos llega un ligero *crepitar* de parásitos eléctricos. De manera simultánea, la pantalla del televisor muestra signos de vida y empieza a parpadear de una forma casi imperceptible. ¿Ha entrado alguien en la habitación sin que nos diésemos cuenta y ha encendido el televisor? ¿Se ha puesto en marcha el temporizador para grabar? No, ni una cosa ni otra. Con astucia, la cámara rodea el aparato y nos muestra que *está desenchufado*. Sí, el televisor debería estar muerto. Debería respetar el silencio, duro y frío, de la medianoche. Lógicamente. Teóricamente. Pero no está muerto.

En la pantalla aparecen líneas de exploración, oscilan, se borran. Luego aparecen de nuevo. El crepitar de parásitos se sucede sin interrupción. Pronto comienza a proyectarse algo en la pantalla. Una imagen empieza a cobrar forma. Sin embargo, poco después se inclina, como la letra cursiva, y desaparece igual que una llama apagada de un soplo. Luego vuelve a repetirse todo el proceso desde el principio. La imagen emerge como si hiciera acopio de todas sus fuerzas. Ese algo que hay allí intenta materializarse. Pero la imagen no logra cobrar forma. Se distorsiona como si la antena receptora fuera sacudida por un fuerte viento. El mensaje se fragmenta, los contornos se desdibujan y se disgregan. La cámara nos transmite cada fase del conflicto, de principio a fin.

La mujer dormida parece ajena a los extraordinarios sucesos que se producen en el interior del cuarto. Tampoco muestra reacción alguna frente a los indiscretos sonidos y luces que emite el televisor. Sencillamente, continúa durmiendo en silencio dentro de aquella perfección inmutable. De momento, nada perturba su profundo sueño. La televisión es un nuevo intruso en ese lugar. También nosotros somos intrusos, por supuesto. Pero, a diferencia de nosotros, la nueva intrusa no es silenciosa, ni transparente. Tampoco es neutral. Ella, sin lugar a dudas, *pretende intervenir*. Nosotros percibimos intuitivamente sus propósitos.

La imagen de la televisión aparece y desaparece, pero se va estabilizando de forma progresiva. En la pantalla se proyecta ahora el interior de una habitación. Una habitación bastante amplia. Parece una sala de un edificio de oficinas. También parece un aula. Con una enorme ventana de cristal y muchos fluorescentes alineándose en el techo. Pero no hay ni rastro de muebles. No, al observar con atención aparece una única silla en mitad de la estancia. Una vieja silla de madera con respaldo pero sin brazos. Una silla sencilla, funcional. En ella hay alguien sentado. La imagen aún no está bien definida, de modo que la figura del individuo que la ocupa no es más que una silueta desdibujada de contornos imprecisos. En la estancia flota el aire gélido de los lugares abandonados durante mucho tiempo.

La cámara de televisión que (aparentemente) nos transmite esta imagen va aproximándose a la silla con gran cautela. A juzgar por su complexión física, la persona sentada en la silla es un hombre. El sujeto está algo inclinado hacia delante. Con la cabeza vuelta hacia la cámara, parece sumido en profundas reflexiones. Lleva ropa de color oscuro, zapatos de piel. No se distinguen las facciones de su rostro, pero el hombre parece más bien delgado, no muy alto. No podemos concretar la edad. Mientras vamos recogiendo toda esta información, detalle tras detalle, de modo fragmentario, a partir de esta pantalla imprecisa, la imagen, como si se acordara de pronto, continúa moviéndose de vez en cuando. Las interferencias serpentean, aumentan. Sin embargo, las dificultades no se prolongan durante mucho tiempo y pronto se recupera la imagen. También cesan los parásitos. Tras sucesivas pruebas y errores, la pantalla se encamina, decididamente, hacia la estabilidad.

No cabe duda de que algo está a punto de ocurrir en la habitación. Posiblemente, *algo* de importancia capital.

am

Denny's, el mismo interior de antes. Por el hilo musical suena *More* de Martin Denny y su orquesta. Durante los últimos treinta minutos, el número de clientes ha disminuido notablemente. No se oyen voces. Hay signos de que la noche ha avanzado un paso más.

Mari sigue frente a la mesa, leyendo el grueso libro. Ante ella hay un plato con unos sándwiches sin tocar apenas. Más que por apetito, por lo visto lo ha pedido para pagar el tiempo que pasa en el local. De vez en cuando, como si se acordara de pronto, cambia de postura. Hinca los codos en la mesa, se hunde en el asiento. A veces levanta la cabeza, respira hondo, comprueba lo lleno que está el local. Sin embargo, al margen de eso, se ha sumido por completo en la lectura. El poder de concentración parece ser uno de sus principales activos.

Ahora se ven muchos más clientes que están solos. Algunos escriben algo en su portátil. Otros envían, o reciben, mensajes por el teléfono móvil. También los hay enfrascados en la lectura, como ella. Y otros que, sin hacer nada, mantienen los ojos clavados en lo que pasa fuera, absortos en sus pensamientos. Tal vez no puedan dormir. Tal vez no quieran dormir. Para todos ellos, un restaurante familiar es un sitio idóneo donde refugiarse a altas horas de la madrugada.

Como si no pudiera aguardar a que terminara de abrirse la puerta automática, una mujer de grandes proporciones irrumpe en el local. Es corpulenta, pero no gorda. Ancha de espaldas, fuerte a ojos vistas. Lleva una gorra negra de punto calada hasta las cejas. Una gran cazadora de cuero y pantalones de color naranja. Manos vacías. Una apariencia tan ruda llama necesariamente la atención. Cuando entra en el Denny's, la camarera se le acerca, le pregunta: «¿Mesa para uno?», pero ella la ignora. Con ojos escrutadores, barre el interior del local de un rápido vistazo. Descubre la figura de Mari y se va directo hacia ella dando grandes zancadas.

Al llegar a la mesa, se sienta frente a Mari sin decir nada. A pesar de su corpulencia, sus movimientos son ágiles y precisos.

—Hola, ¿puedo sentarme un momento? —pregunta la mujer.

Mari, que estaba enfrascada en la lectura, levanta la cabeza. Al descubrir a aquella mujer corpulenta que no conoce sentada frente a ella, se sorprende.

La mujer se quita el gorro de lana. Lleva el pelo teñido de un llamativo color rubio, corto como el césped bien cuidado. Su cara es franca y abierta, pero tiene la piel acartonada, como si llevara largo tiempo expuesta a la lluvia. Su rostro es asimétrico. Pero, si uno se fija, nota que tiene algo que tranquiliza a quien se encuentra ante ella. Posiblemente se trate de una sociabilidad innata.

A modo de saludo, la mujer tuerce la boca esbozando una sonrisa y se acaricia el corto pelo rubio con la gruesa palma de la mano.

La camarera se acerca e intenta dejar sobre la mesa la carta y un vaso de agua, tal como indica el manual, pero la mujer la rechaza con un ademán.

—No, es que me largo enseguida. Perdona, ¿eh?

La camarera esboza una sonrisa intranquila y se va.

—Tú eres Mari Asai, ¿verdad? —pregunta la mujer.

—Pues sí...

—Me lo ha dicho Takahashi. Que quizá todavía estarías aquí.

—¿Takahashi?

—Sí. Tetsuya Takahashi. Un tipo alto, con el pelo largo, flacucho. Toca el trombón.

Mari asiente.

—Ah, ése.

—Pues resulta que Takahashi me ha dicho que hablas chino perfectamente.

—Una conversación normal, sí puedo mantenerla sin problemas —dice Mari con cautela—, pero no lo hablo a la perfección.

—Oye, lo siento, pero ¿podrías venir conmigo un rato? Es que tengo a una china en casa con problemas. Pero no habla japonés y yo no me entero de nada.

Sin acabar de comprender lo que le está diciendo, Mari pone el punto de lectura en el libro, lo cierra y lo aparta a un lado.

–*¿Problemas?*

–Sí, se ha hecho daño. Está aquí mismo. A dos pasos. No te entretendré mucho rato. Basta con que me expliques por encima qué le ha pasado. Oye, me harías un gran favor.

Mari duda un instante, pero mira la cara de su interlocutora y concluye que no parece mala persona. Mete el libro en el bolso bandolera, se pone la cazadora. Hace ademán de recoger la cuenta de encima de la mesa, pero la mujer se le adelanta.

–Esto lo pago yo.

–No, gracias. Soy yo quien lo ha pedido.

–No importa. Total, por esta miseria. Va, cállate y déjame pagar a mí.

Al ponerse en pie, se evidencia la gran diferencia de estatura entre ambas. Mari es una chica menuda y la mujer es tan voluminosa como un granero. Debe de superar el metro setenta y cinco. Mari se resigna y permite que pague la cuenta.

Ambas salen de Denny's. Todavía a aquellas horas, las calles siguen concurridas. Sonidos electrónicos de las salas recreativas, gritos de los reclamos de los karaoke. Rugidos de los tubos de escape de las motocicletas. Hay tres chicos sentados en el suelo, sin hacer nada en particular, frente a la persiana metálica de una tienda cerrada. Cuando Mari y la mujer pasan por delante, los tres alzan la vista y las observan con gran interés. Posiblemente formen una pareja bastante curiosa. Pero los chicos no dicen nada. Sólo las miran. La puerta metálica está cubierta de grafitis pintados con *spray*.

–Me llamo Kaoru.* Puede que el nombre no me pegue mucho, pero, bueno, es el que tengo desde que nací.

–Encantada –dice Mari.

–Oye, siento haberte sacado de allí así por las buenas. Debo de haberte pegado un susto, ¿no?

Mari guarda silencio, sin saber muy bien qué responder.

–¿Quieres que te lleve el bolso? Tiene pinta de pesar lo suyo –dice Kaoru.

–No importa.

–¿Y qué llevas ahí dentro?

–Pues libros, ropa...

–No te habrás escapado de casa, ¿verdad?

–No, claro que no –dice Mari.

–¡Uf! ¡Menos mal!

Las dos siguen andando. Se meten por una callejuela alejada de la zona comercial, suben una cuesta. Kaoru avanza a paso rápido y Mari la sigue a duras penas. Suben unas escaleras oscuras y desiertas, salen a otra calle. Por lo visto, las escaleras son un atajo que une ambas calles. Algunos bares mantienen todavía las luces de los letreros encendidas, pero apenas muestran signos de vida dentro.

* *Kaoru* significa «fragante, despedir fragancia». *(N. de la T.)*

–Es ese *love-ho*.

–¿Ese qué?

–*Love hotel*. Hotel para parejas. Una casa de citas, vamos. ¿Ves aquel letrero de neón que pone Alphaville? Pues es allí.

Al oír el nombre, Mari, de forma instintiva, mira a Kaoru a la cara.

–Tranquila. No es ningún sitio raro. Yo soy la encargada.

–¿Y es ahí donde se encuentra la chica que se ha hecho daño?

Kaoru, sin detenerse, se da la vuelta.

–Sí. Es una historia un poco complicada.

–¿Y Takahashi también está ahí?

–No, él no. Él está en otro edificio por aquí cerca, en el sótano, ensayando con su banda toda la noche. ¡Qué suerte tenéis los estudiantes!

Las dos cruzan el portal del Alphaville.

En este hotel los clientes miran el panel de fotografías del vestíbulo, escogen la habitación que les gusta, pulsan el botón correspondiente y retiran la llave. Así funciona. Luego sólo tienen que tomar el ascensor y subir a su habitación. No necesitan ver a nadie. Tampoco deben hablar con nadie. Hay tarifas por horas y por noche completa. Iluminación en tono azul oscuro. Mari lo va estudiando todo con curiosidad. Kaoru dirige un breve saludo a la mujer de recepción.

–Tú no has estado nunca en un lugar como éste, ¿verdad? –dice dirigiéndose a Mari.

–No. Es la primera vez.

–Bueno, pues ya ves. En este mundo hay muchas maneras de ganarse la vida.

Kaoru y Mari suben en el ascensor de los clientes. Cruzan un pasillo corto y estrecho, se detienen frente a una puerta donde figura el número 404. Kaoru golpea dos veces suavemente la puerta y, de inmediato, ésta se abre desde dentro. Una mujer joven con el pelo teñido de rojo se asoma con expresión inquieta. Está delgada y tiene mal color de cara. Lleva una camiseta rosa que le queda muy grande y unos vaqueros con agujeros. Grandes aros en las orejas.

–¿Eres tú, Kaoru? ¡Uf! ¡Menos mal! Has tardado siglos. ¡Estaba superpreocupada! –dice la pelirroja.

–¿Cómo está? –pregunta Kaoru.

–Pues igual.

–¿Ya ha dejado de salirle sangre?

–Más o menos. Pero he gastado un montón de toallas de papel.

Kaoru hace entrar a Mari en la habitación. Y cierra la puerta. Dentro, aparte de la pelirroja, hay otra empleada. Menuda, con el pelo negro recogido en un moño, está pasando la fregona por el suelo. Kaoru las presenta.

–Ésta es Mari. La chica de la que os he hablado, la que sabe chino. Esta del pelo rojo se llama Komugi.* Suena raro, pero es su nombre de verdad. Lleva trabajando aquí un montón de tiempo.

Komugi sonríe afablemente.

* *Komugi* significa «trigo». *(N. de la T.)*

–¡Hola! ¿Qué tal?

–Encantada –dice Mari.

–Y aquélla es Kôrogi* –dice Kaoru–. Aunque ése no es su verdadero nombre.

–Lo siento. Es que paso del mío –dice Kôrogi en dialecto de Kansai. Parece unos cuantos años mayor que Komugi.

–Encantada –dice Mari.

La habitación no tiene ventanas. La atmósfera es asfixiante. Hay una cama y un televisor enormes para el tamaño del cuarto. En un rincón se ve a una mujer desnuda en cuclillas, encogida, como si quisiera abultar lo menos posible. Se cubre con una toalla de baño y llora en silencio con el rostro entre las manos. El suelo está lleno de toallas manchadas de sangre. También se ven manchas de sangre en las sábanas. La lámpara de pie está volcada. En la mesa hay una botella de cerveza medio vacía. Un vaso. El televisor está encendido. Dan un programa cómico. Risotadas de los espectadores. Kaoru coge el mando a distancia y lo apaga.

–Por lo visto, le ha atizado con ganas –le dice Kaoru a Mari.

–¿El hombre que estaba con ella? –pregunta Mari.

–Sí. El cliente.

–¿El cliente? ¿Es una prostituta?

–Sí. A estas horas, la mayoría son profesionales –dice Kaoru–. Así que no te extrañe que haya pro-

* *Kôrogi* significa «grillo». *(N. de la T.)*

blemas. Peleas por el pago, tipos que piden guarradas...

Mari se mordisquea los labios, pone en orden sus ideas.

–¿Y ella sólo habla chino?

–Sí, apenas chapurrea cuatro palabras de japonés. Pero yo no puedo llamar a la policía. Seguro que es una ilegal y no siempre dispongo de tiempo de ir a comisaría a declarar.

Mari se descuelga el bolso del hombro, lo deja sobre la mesa y se acerca a donde está acurrucada la mujer. Se pone en cuclillas y se dirige a ella en chino.

–*Ni zenme le?* (¿Qué ha pasado?)

La oiga o no, la mujer no responde. Le tiemblan los hombros, sacudidos por los sollozos.

Kaoru mueve la cabeza.

–La pobre está en estado de shock. Por lo visto, la paliza ha sido muy bestia.

Mari se dirige a la mujer:

–*Shi Zhongguoren ma?* (¿Eres china?)

La mujer sigue sin responder.

–*Fangxin ba, wo gen jingcha mei guanxi.* (Tranquila. No soy de la policía.)

La mujer sigue sin responder.

–*Ni bei ta da le ma?* (¿Te ha hecho daño el hombre?) –pregunta Mari.

La mujer asiente al fin. Su largo pelo negro oscila.

Mari insiste y se dirige de nuevo a la mujer con voz pausada. Le repite una y otra vez la misma pregunta. Con los brazos cruzados sobre el pecho, Kaoru contempla con aire preocupado cómo Mari le va hablando. Mientras tanto, Komugi y Kôrogi se reparten las tareas de limpieza de la habitación. Recogen las toallas manchadas de sangre y las meten en una bolsa de plástico. Quitan las sábanas sucias de la cama, cambian las toallas del cuarto de baño. Levantan la lámpara del suelo, retiran la botella de cerveza y el vaso. Comprueban el estado del equipo, limpian el aseo. Por lo visto, están acostumbradas a trabajar juntas y sus movimientos son expertos y precisos.

Mari está acuclillada en un rincón del cuarto, hablándole a la mujer. Parece que ésta se ha calmado un poco al oír hablar en su lengua. Y, aunque de forma entrecortada, le explica a Mari en chino lo que le ha pasado. Su voz es tan débil que Mari tiene que acercarse mucho para oírla. Asintiendo, escucha con gran interés lo que le cuenta. De vez en cuando pronuncia unas palabras de aliento.

A su espalda, Kaoru le da a Mari unos golpecitos en el hombro.

–Oye, lo siento, pero le tenemos que dejar la habitación a otro cliente. Voy a llevar a la chica a la oficina de abajo. Te vienes tú también, ¿verdad?

–Pero es que está completamente desnuda. Dice que el hombre le ha quitado todo lo que llevaba encima. Desde los zapatos a las bragas. Todo.

Kaoru sacude la cabeza.

–El muy cerdo la ha dejado en bolas para que no pudiera salir enseguida a avisar a alguien. ¡Menudo cabrón!

Kaoru saca del armario un delgado albornoz y se lo da a Mari.

–De momento, que se ponga esto.

La mujer se levanta con torpeza y, medio aturdida, se desprende de la toalla y se queda completamente desnuda. Tambaleante, se envuelve en el albornoz. Mari aparta la vista de inmediato. Su cuerpo es menudo pero hermoso. Pechos de forma bonita, piel suave, un vello púbico discreto como una sombra. Debe de tener la misma edad que Mari. Su cuerpo todavía conserva rasgos de la adolescencia. Sus pasos son inseguros, Kaoru la conduce afuera de la habitación sosteniéndola por los hombros. Bajan en el pequeño ascensor de servicio. Mari las sigue acarreando su bolsa. Komugi y Kôrogi se quedan en la habitación, limpiando.

Las tres mujeres entran en la oficina del hotel. A lo largo de las paredes se amontonan cajas de cartón. Hay una mesa de acero y un tresillo funcional. Sobre la mesa de la oficina, un teclado de ordenador y un monitor con la pantalla de cristal líquido. De la pared cuelgan un calendario, una caligrafía de Mitsuo Aida enmarcada y un reloj eléctrico. Encima de una nevera de pequeño tamaño hay un televisor portátil y un microondas. Con las tres mujeres dentro, la habitación se ve repleta. Kaoru conduce hacia el sofá a la prostituta china para que se siente. La chica se ciñe con fuerza el albornoz, como si tuviera frío.

Kaoru enciende la lámpara de la mesa y vuelve a inspeccionarle las heridas de la cara. Trae el botiquín, saca alcohol y algodón y va limpiándole con suavidad la sangre pegada a la cara. Le cubre las heridas con tiritas. Le toca la nariz para comprobar que no está rota. Le levanta los párpados y mira si tiene los ojos inyectados en sangre. Le palpa la cabeza buscando chichones. Para Kaoru aquello parece algo rutinario y lo ejecuta con una habilidad sorprendente. Saca de la nevera una especie de compresa fría, la envuelve en una toallita y se la da a la mujer.

–Toma, póntela debajo de los ojos.

Luego, acordándose de que no habla japonés, hace amagos de ponérsela ella misma bajo los ojos. La mujer asiente y la imita.

Kaoru se vuelve hacia Mari.

–La hemorragia era muy espectacular, pero casi toda la sangre le salía de la nariz. Por suerte, las heridas no son graves. En la cabeza no presenta ningún chichón, la nariz no está rota. Tiene un corte en el rabillo del ojo y el labio partido, pero no necesita que se lo cosan. Claro que, con la paliza que le han dado, durante una semana tendrá los ojos morados y no podrá salir a trabajar.

Mari asiente.

–El tipo era fuerte, pero no tenía ni idea de cómo se pega –dice Kaoru–. Aporreando así, a tontas y a locas, apuesto lo que quieras a que se ha destrozado la mano. El tipo tenía tan mala leche que incluso le ha dado a la pared, he visto que estaba abollada por varios sitios. Ha perdido la cabeza y se ha puesto como loco.

Komugi entra en la habitación, saca algo de una de las cajas de cartón apiladas junto a la pared. Un albornoz limpio para reemplazar el de la habitación 404.

–Dice que le ha quitado el bolso, el dinero y el móvil. Que se lo ha llevado todo –dice Mari.

–¿Y todo eso para largarse sin pagar? –interviene Komugi, al lado.

–No, no se trata de eso. Lo que ha pasado es que, ¿cómo te diría?... Pues que, por lo visto, antes de empezar le ha venido la regla de repente. Se le ha adelantado. Y el hombre se ha puesto hecho una furia y...

–¿Y qué podía hacer ella? –dice Komugi–. Eso, cuando te viene, te viene y...

Kaoru chasquea la lengua.

–Tú no te enrolles más y acaba de arreglar la cuatrocientos cuatro.

–Vale. Perdona –dice Komugi y sale de la oficina.

–Total, que cuando iba a hacerlo, le ha venido la regla y el tipo se ha puesto hecho una furia, le ha arreado una paliza y la ha dejado sin ropa y sin dinero –dice Kaoru–. El tipo ese está mal de la cabeza.

Mari asiente.

–Dice que la perdones por haberte manchado las sábanas de sangre.

–¡Bah! No importa. Estoy acostumbrada. No sé por qué, pero a muchas chicas les viene la regla en el *love-ho*. Llaman a menudo. Que les deje una compresa, que les deje un tampón. Me entran ganas de preguntarles si se creen que soy un Matsukiyo*. Pero, bueno. Primero tenemos que vestir a esta chica. Así no puede ir a ninguna parte.

Kaoru busca en una caja de cartón y saca unas bragas precintadas dentro de una bolsa de plástico, de las que venden en las expendedoras automáticas de las habitaciones.

–Son de esas baratas, para salir del paso. No se pueden lavar, pero de momento le irán bien. Sin bragas, no creo que esté muy tranquila, la pobre.

Luego, Kaoru rebusca en el armario, encuentra las dos piezas de un chándal de color verde descolorido y se lo da a la prostituta.

–Se lo dejó una chica que trabajaba aquí antes. Pero está limpio, ¿eh? No hace falta que lo devuelva. Para los pies, sólo tengo estas chancletas de plástico, claro que es mejor eso que ir descalza.

Mari se lo explica a la chica. Kaoru abre un pequeño armario y saca unas cuantas compresas. Se las entrega a la prostituta.

–Ponte esto. Puedes cambiarte en el lavabo –dice señalándole el cuarto de baño con la barbilla.

La prostituta asiente.

–Gracias –dice en japonés. Luego, con la ropa que le han dado entre los brazos, entra en el cuarto de baño.

---

* *Drugstore* japonés. *(N. de la T.)*

Kaoru se sienta en la silla frente al escritorio, sacude la cabeza despacio, exhala un largo suspiro.

–¡Uf! En este trabajo te encuentras de todo.

–Dice que sólo lleva unos dos meses en Japón –aclara Mari.

–Es una ilegal, supongo.

–No le he preguntado tanto. Por cómo habla, yo diría que es del norte.

–¿De la antigua Manchuria?

–Probablemente.

–Ya –dice Kaoru–. Supongo que vendrán a buscarla.

–Por lo visto hay alguien que dirige el negocio.

–La mafia china. Son los que controlan la prostitución de esta zona –dice Kaoru–. Traen a chicas de China en barco, de forma ilegal, y les hacen pagar con su cuerpo el importe del viaje. Los clientes encargan una chica por teléfono y ellos se la llevan al hotel en moto. Como si fuera una pizza recién hecha. Son buenos clientes de la casa.

–Esa mafia china de la que hablas, ¿son como los *yakuza*?*

Kaoru sacude la cabeza.

–¡Qué va! Yo me he dedicado durante mucho tiempo a la lucha libre femenina y nos íbamos a provincias de torneo. Así que conozco a muchos *yakuza*. Pero, ¿sabes?, los *yakuza* son como bebés comparados con la mafia china, que no puedes ni imaginarte

* Mafia japonesa. *(N. de la T.)*

de lo que es capaz. Pero esta pobre chica no tiene elección. O vuelve con ellos o se queda tirada en la calle.

–¿Y no tendrá problemas si no les da el dinero que ha ganado hoy?

–¡Vete a saber! Además, con la cara que le han dejado, no podrá trabajar durante varios días. Y si no les da dinero, a ellos no les sirve para nada. ¡Y mira que es guapa, pobre chica!

La prostituta sale del cuarto de baño. Lleva el chándal descolorido y las chancletas de plástico. En el pecho del chándal figura el logo de Adidas. Tiene la cara llena de cardenales, pero se ha peinado un poco. Incluso con aquel viejo chándal, los labios hinchados y la cara magullada, es una mujer hermosa.

Kaoru le dice en japonés:

–Querrás llamar, supongo.

Mari se lo traduce al chino:

–*Yao da dianhua ma?* (¿Quieres llamar por teléfono?)

La prostituta balbucea en japonés:

–Sí, gracias.

Kaoru le pasa a la prostituta un teléfono inalámbrico de color blanco. Ella marca un número y, hablando muy bajito en chino, informa al que se pone al teléfono. Su interlocutor le grita algo en voz muy rápida, ella le da una respuesta concisa. Y cuelga. Con una grave expresión en el rostro, le devuelve el teléfono a Kaoru.

La prostituta se dirige a Kaoru y le da las gracias en japonés:

–Muchas gracias.

Luego se vuelve hacia Mari:

–*Mashang you ren lai jie wo*. (Vienen a buscarme. Enseguida.)

Mari se lo comunica a Kaoru:

–Al parecer, pronto vendrán a buscarla.

Kaoru frunce el ceño.

–Ahora que lo pienso, todavía no me han pagado la habitación. Normalmente paga el hombre. Pero como el tipo ese se ha largado sin pagar... También está la cerveza.

–¿Y te lo pagará el que venga a buscarla? –pregunta Mari.

–¡Uf! –suspira y reflexiona–. ¡Ojalá fuera tan fácil!

Kaoru pone unas hojas de té en una tetera, echa agua caliente de un termo. Llena tres tazas y le alcanza una a la prostituta china. Ella le da las gracias, toma la taza, bebe. Por lo visto, como tiene el labio partido, le cuesta beber. Toma un sorbo, frunce el entrecejo.

Mientras se bebe el té, Kaoru se dirige en japonés a la prostituta.

–Tampoco tú lo tienes nada fácil, ¿verdad? Dejar tu tierra, entrar en Japón de manera ilegal y, para colmo, caer en manos de esa gentuza para que te chupen la sangre. No sé cómo vivirías en tu tierra, pero ¿no habría sido mejor para ti quedarte allí?

–¿Se lo traduzco? –pregunta Mari.

Kaoru sacude la cabeza.

–No hace falta. Sólo eran reflexiones de poca monta que me estaba haciendo.

Mari se dirige a la prostituta.

–*Ni ji sui le?* (¿Cuántos años tienes?)

–*Shijiu.* (Diecinueve.)

–*Wo ye shi. Jiao shenme mingzi?* (Como yo. ¿Cómo te llamas?)

Tras dudar unos instantes, la prostituta responde.

–Guo Donli.

–*Wo jiao Mali.* (Yo me llamo Mari.)

Mari le dirige a la chica una pequeña sonrisa. Muy tenue, pero es la primera sonrisa que esboza Mari después de la medianoche.

Una motocicleta se detiene frente a la entrada del hotel Alphaville. Una gran Honda último modelo. La conduce un hombre con un casco que le cubre toda la cara. Deja el motor en marcha, como si quisiera estar listo para escapar en caso de que sucediera algo. Cazadora ceñida de piel negra y pantalones vaqueros. Botas de baloncesto de caña alta. Guantes gruesos. El hombre se quita el casco y lo deja sobre el depósito de gasolina. Tras echar una mirada alrededor con aire precavido, se despoja del guante de una mano y se saca un teléfono móvil del bolsillo. Pulsa un número. Es un hombre de unos treinta años. Pelo castaño, cola de caballo. De frente ancha, mejillas hundidas, mirada penetrante. Mantiene una breve conversación. El hombre cuelga y se guarda el móvil en el bolsillo. Se pone el guante y espera.

Poco después salen del vestíbulo Kaoru, la prostituta y Mari. La prostituta se dirige hacia la motocicleta con paso desmayado, haciendo chasquear las chancletas de goma. La temperatura ha bajado y ella, sólo con el chándal, parece tener frío. El hombre de la motocicleta le indica algo a la prostituta con voz cortante y ella le responde en voz baja.

Kaoru se dirige al hombre de la motocicleta.

–Oye, chico. A mí todavía no me han pagado la habitación.

El hombre se queda mirando fijamente a Kaoru. Luego dice:

–El hotel no lo pago yo. Es el hombre quien paga.

Sus palabras carecen de acento. Son monótonas, inexpresivas.

–Eso ya lo sé –replica Kaoru con voz áspera. Carraspea una sola vez–. Pero los dos trabajamos en la misma zona y tendremos que vernos las caras a menudo, ¿no te parece? Lo de hoy, a mí también me ha fastidiado lo suyo, ¿sabes? Es un acto de agresión con resultado de una persona herida, ¿entiendes? Hubiera podido llamar a la policía. Y, entonces, vosotros os veríais metidos en problemas, ¿o no? Así que págame los 6.800 yenes de la habitación y todo arreglado. A la cerveza ya te invito yo. Así, ninguno de los dos sale ganando.

El hombre se queda observando a Kaoru con ojos inexpresivos. Levanta la vista y mira el letrero de neón: Alphaville. Luego vuelve a quitarse un guante, se saca una cartera de piel del bolsillo de la cazadora, cuenta siete billetes de mil yenes y los deja caer a sus pies. Como no corre viento, los billetes aterrizan directamente sobre el suelo y allí se quedan. El hombre vuelve a enfundarse el guante. Levanta la mano, echa una ojeada al reloj de pulsera. Efectúa cada uno de los movimientos con una lentitud artificiosa, no se apresura lo más mínimo. Parece que quiere mostrar a las tres mujeres el peso de su presencia. Haga lo que haga, se toma todo el tiempo que desea para realizarlo. Mientras tanto, el motor de la motocicleta continúa ronroneando, grave, como una bestia nerviosa.

–Qué huevos tienes –le dice el hombre a Kaoru.

–Gracias –responde Kaoru.

–Si llamas a la policía, puede que haya un incendio por aquí –advierte el hombre.

Se abre un profundo silencio. Con los brazos cruzados sobre el pecho, Kaoru le sostiene la mirada. La prostituta, con la cara llena de magulladuras, va mirándolos alternativamente a uno y otra con aire inquieto, sin entender ni una palabra de lo que están diciendo.

Poco después, el hombre coge el casco, se lo pone, llama a la prostituta con un ademán y ella se monta en la moto. La mujer se agarra con ambas manos a la cazadora. Se vuelve, mira a Mari, mira a Kaoru. Luego mira a Mari de nuevo. Está a punto de decir algo, pero se calla. El hombre da una fuerte patada al pedal, da gas, se va. El ruido del tubo de escape retumba majestuosamente en las calles a aquellas horas de la madrugada. Atrás quedan Kaoru y

Mari. Kaoru se agacha y recoge, uno a uno, los billetes del suelo. Los pone todos del anverso, los dobla y se los mete en el bolsillo. Respira hondo, se frota el cabello rubio con la palma de la mano.

–¡Joder! –exclama.

La habitación de Eri Asai.

No se ha producido ningún cambio en la estancia. Sólo que la imagen del hombre de la silla reproducida en la pantalla está tomada desde más cerca. Ahora podemos distinguir su figura con bastante claridad. Las ondas electromagnéticas siguen tropezando con varios obstáculos y, de vez en cuando, la imagen oscila, los contornos se deforman, la masa se reduce. Aumentan las molestas interferencias. A veces, incluso se intercala momentáneamente otra imagen. Sin embargo, las alteraciones acaban subsanándose, se restablece la imagen original.

Eri Asai sigue en la cama, sumida en un profundo y silencioso sueño. La luz de tonos artificiales que emite el televisor crea sombras que se mueven por su perfil, pero no llega a perturbarle el sueño.

El hombre de la pantalla viste un traje de ejecutivo de color marrón oscuro. Tal vez fue, en origen, un buen traje, pero ahora está raído a ojos vista. Se aprecia una especie de polvillo blanco por las mangas y la espalda. El hombre calza zapatos negros de punta redondeada, polvorientos. ¿Habrá tenido que atravesar algún lugar donde se acumulaban grandes cantidades de polvo para acceder a la habitación? Camisa blanca corriente, corbata lisa de lana negra. Visibles signos de decadencia tanto en la camisa como en la corbata. Tiene el pelo canoso. No. Puede que sea negro y que sólo esté cubierto de polvo. El caso es que, por lo visto, lleva mucho tiempo sin peinarse. Aunque, curiosamente, el atavío del hombre no ofrece una impresión de desaliño. Tampoco tiene un aire miserable. Sólo parece que, debido a unas poderosas razones que desconocemos, esté cansado hasta la extenuación, cubierto de polvo de pies a cabeza.

No se distingue su rostro. En estos momentos, la cámara o bien lo capta de espaldas, o bien le enfoca otras partes del cuerpo. Se deberá al ángulo de la luz, o tal vez sea algo intencionado, pero el rostro siempre permanece sumido en oscuras sombras, inaccesible a nuestra mirada.

El hombre no se mueve. De vez en cuando exhala un largo y profundo suspiro, los hombros suben y bajan al compás de su respiración. Parece un rehén confinado durante largo tiempo en el mismo cuarto. Lo envuelve un halo de resignación. Pero no está atado. Permanece sentado en la silla, con la espalda recta y los ojos clavados al frente, respirando con calma. Nos resulta imposible determinar si no se mueve porque él lo ha decidido así o porque existen unas circunstancias concretas que se lo impiden. Sus manos descansan sobre las rodillas. La hora es incierta. Ni siquiera podemos saber si es de día o de noche. En cualquier caso, gracias a la luz de los fluorescentes alineados en el techo, la habitación está tan iluminada como en una tarde de verano.

Poco después, la cámara gira hacia delante y enfoca de frente el rostro del hombre. No por ello queda desvelada su identidad. Al contrario, el misterio se hace más profundo. Porque la cara del hombre está cubierta por una máscara traslúcida. Ésta se adhiere perfectamente a su rostro como si fuera una película, de modo que casi dudamos si llamarla máscara. Sin embargo, por fina que sea, cumple con creces la función de una máscara. Despidiendo un brillo tenue, oculta con eficacia tras de sí las facciones y la expresión del hombre. Y lo único que nos deja adivinar, mal que bien, son los contornos del rostro. La máscara ni siquiera tiene aberturas en la nariz, en la boca o en los ojos. A pesar de ello, no parece que le impida respirar, ver u oír. Debe de estar dotada de las máximas cualidades de ventilación y transparencia. Al mirar desde fuera esta anónima epidermis resulta imposible adivinar qué material han usado o de qué tecnología se han servido para hacerla. La máscara aúna, en dosis equivalentes, magia y funcionalidad. Nos la han legado desde la antigüedad junto con las tinieblas, nos ha sido enviada desde el futuro junto con la luz.

Lo que la hace inquietante de verdad es que, a pesar de adherirse perfectamente a la piel del rostro, no nos permite adivinar en absoluto qué está (o qué no está) pensando, sintiendo o planeando la persona que se oculta detrás. No nos da ninguna clave para juzgar si la presencia del hombre es algo positivo o negativo, o si sus pensamientos son rectos o torcidos, o si la máscara lo oculta o lo protege. Con el rostro cubierto por esa sofisticada y anónima máscara, el hombre permanece sentado en silencio, captado por la cámara de televisión, y eso crea un estado de cosas. De momento, no tenemos más remedio que aplazar nuestro juicio al respecto y aceptar la situación tal como nos viene dada. Vamos a llamarlo el «hombre sin rostro».

Ahora el ángulo de la cámara está fijo en un punto. La cámara permanece inmóvil, enfocando frontalmente, un poco por debajo, al «hombre sin rostro». Enfundado en su traje marrón y totalmente quieto, el hombre mira a través del cristal, desde el tubo de rayos catódicos, hacia *este lado*. Es decir, que está mirando de frente, desde *el otro lado*, hacia el interior de la habitación donde nos encontramos nosotros. Sus ojos permanecen ocultos tras la misteriosa máscara brillante, por supuesto. Pero, a pesar de ello, podemos sentir vívidamente la presencia, el peso de su mirada. El hombre observa con una decisión inquebrantable algo que tiene ante sí. A juzgar por la inclinación de cabeza, parece que esté mirando la cama de Eri Asai. Reseguimos con cautela esta hipotética mirada. Sí. No cabe la menor duda. Lo que el hombre de la máscara mira con sus ojos informes es la figura durmiente de Eri. Quizá sea eso lo que ha estado observando desde el principio. Ahora, por fin, lo hemos comprendido. Él puede ver lo que hay aquí. La pantalla del televisor funciona como una ventana abierta hacia este lado, hacia la habitación.

La imagen oscila, se restablece de nuevo. De vez en cuando aumentan también los parásitos eléctricos. Las interferencias suenan como el movimiento amplificado de un encefalograma convertido en señales. Se van intensificando y, llegadas al punto máximo, empiezan a decrecer hasta que desaparecen por completo. Y luego, como si se lo repensaran, vuelven a emerger de nuevo. Y se repite lo mismo. Sin embargo, la mirada del «hombre sin rostro» no se desvía. Nada puede desconcentrarlo.

La hermosa muchacha continúa durmiendo en la cama. El pelo negro y liso se desparrama sobre la almohada convertido en un abanico lleno de hondos significados. Suaves labios apretados. Mente sumergida en las profundidades del océano. Cada vez que la pantalla del televisor se mueve, la luz proyectada en el rostro de la muchacha tiembla y las sombras danzan convertidas en signos enigmáticos. Sentado en la silla funcional, el «hombre sin rostro» la contempla sin palabras. De vez en cuando, los hombros se elevan y descienden con sigilo al compás de su respiración. Como un bote vacío meciéndose al vaivén de las olas de la mañana.

Es lo único que se mueve en la habitación.

Mari y Kaoru andan por una callejuela desierta. Kaoru acompaña a Mari. Mari lleva la gorra azul marino de los Boston Red Sox calada hasta las cejas. Con la gorra puesta, parece un chico. Tal vez la lleve por esta razón.

–Menos mal que estabas tú –dice Kaoru–. No entendía qué puñetas había pasado.

Las dos están bajando la misma escalera que subieron a la ida.

–Oye, si tienes tiempo, podemos pasarnos un momento por un sitio –dice Kaoru.

–¿Por un sitio?

–Es que tengo sed. Me muero de ganas de tomarme una cerveza fría. ¿Y tú?

–Yo no puedo beber alcohol* –responde Mari.

–Pues tómate un zumo o algo. Total, has de matar el tiempo hasta mañana, ¿no?

* En Japón se prohíbe consumir alcohol a los menores de veinte años. *(N. de la T.)*

Las dos se sientan a la barra de un pequeño bar. No hay ningún otro cliente. Suena un viejo disco de Ben Webster. *My Ideal*. Una interpretación de los años cincuenta. No hay cedés sino elepés, unos cuarenta o cincuenta alineados en las estanterías. Kaoru se está tomando una cerveza de presión servida en un vaso largo. Frente a Mari, hay una Perrier con zumo de lima. Un barman entrado en años pica hielo en silencio detrás de la barra.

–Era muy guapa, ¿verdad? –dice Mari.

–¿La china?

–Sí.

–Ya. Pero con la vida que lleva, no lo será por mucho tiempo más, pobre. Se ajará en cuatro días. En serio. Las he visto a montones.

–Pero tiene diecinueve años, como yo.

–Eso da igual –dice Kaoru comiendo cacahuetes–. La edad es lo de menos. Una mujer que no tenga unos nervios de acero no puede resistir, así como así, un trabajo tan duro. Y a la que empieza a pincharse, ya está acabada.

Mari guarda silencio.

–¿Vas a la universidad?

–Sí. Estudio chino en la Universidad de Lenguas Extranjeras.

–¡Vaya! ¿Así que estudias idiomas? –dice Kaoru–. ¿Y qué piensas hacer cuando termines?

–A mí me gustaría traducir, o hacer de intérprete por mi cuenta. No me veo trabajando en una empresa.

–Eres muy lista.

–No, qué va. Pero mis padres me lo han ido diciendo desde pequeña. «Ya que no eres guapa, al menos tienes que ser buena estudiante.»

Kaoru entorna los ojos y mira a Mari de frente.

–¡Qué dices! Pero si tú eres muy mona. Y que conste que no te estoy haciendo la pelota. Va en serio. Fea, lo que se dice fea, lo soy yo. No tú.

Mari se encoge ligeramente de hombros con aire incómodo.

–Es que mi hermana mayor es guapísima, ¿sabes? La gente se cae de espaldas al verla. Y desde pequeña me han comparado con ella. «Siendo hermanas, ¡qué diferentes!», decía todo el mundo. Y la verdad es que, en la comparación, yo no salgo muy bien parada. Soy bajita, con poco pecho, el pelo lleno de remolinos, la boca demasiado grande y, encima, tengo miopía y astigmatismo.

Kaoru sonríe.

–A eso la gente lo llama «personalidad». Cada uno es como es.

–Sí, pero a mí me cuesta verlo de esa manera. Como desde pequeña me han repetido tantas veces que soy fea...

–Así que tú decidiste estudiar mucho.

–Más o menos. Pero a mí no me gustaba competir por las notas. Además, soy mala deportista y me costaba hacer amigos. Los otros niños se metían conmigo. Así que en tercero de primaria no fui capaz de continuar asistiendo a clase.

–¿Te negaste a ir?

–Odiaba tanto ir a clase que, por las mañanas, vomitaba todo el desayuno o me entraban unos dolores de estómago horrorosos.

–Vaya. Yo sacaba unas notas de pena, pero no me importaba ir a la escuela. Porque, a los que me caían mal, los zurraba a todos y ¡listos!

Mari sonríe.

–Ojalá hubiera podido hacer lo mismo, pero yo...

–¡En fin! Dejémoslo correr. No creo que sea algo de lo que una pueda ir pavoneándose por ahí... ¿Y qué pasó entonces?

–En Yokohama había una escuela para niños chinos y una amiga mía de toda la vida, una niña del barrio, iba allí. La mitad de las clases era en chino, pero aquella escuela era muy distinta de la japonesa. No daban tanta importancia a las notas y estaba mi amiga, así que no me importó ir. Mis padres estaban en contra, claro, pero como ésa era la única manera de que asistiera a la escuela...

–Vamos, que eras un poco cabezota, ¿no?

–Sí, supongo que sí –reconoce Mari.

–¿Y siendo japonesa, ¿podías ir a aquella escuela?

–Sí. No pedían nada especial para admitirte.

–Pero tú no hablabas chino, ¿verdad?

–No. En absoluto. Pero era pequeña y mi amiga me ayudó. Aprendí enseguida. Era una escuela muy poco estricta, la verdad. Estudié allí toda la secundaria y todo el bachillerato. A mis padres no les gustaba. Ellos querían que fuera a una escuela preparatoria reconocida y que luego estudiara derecho, medicina o algo por

74

el estilo. Tenían los papeles muy bien repartidos... La mayor, Blancanieves; la pequeña, un genio.

–¿Tan guapa es tu hermana?

Mari asiente y toma un sorbo de Perrier.

–Desde secundaria trabaja como modelo en las revistas. En revistas de esas para adolescentes.

–¡Vaya! –dice Kaoru–. No debe de ser fácil tener una hermana mayor tan despampanante. Oye, cambiando de tema, ¿qué hace una chica como tú vagando por aquí a medianoche?

–¿Una chica como yo?

–Pues sí, una chica como tú. Salta a la vista que eres una *buena chica*.

–Es que no me apetecía volver a casa.

–¿Te has peleado con tu familia?

Mari niega con la cabeza.

–No se trata de eso. Sólo quería estar sola en un sitio que no fuera mi casa. Hasta el amanecer.

–¿Ya habías hecho esto antes?

Mari permanece en silencio.

Kaoru le dice:

–Quizá me esté metiendo donde no me llaman, pero, sinceramente, éste no es un barrio donde una buena chica pueda pasearse sola por la noche. Hay un montón de tipos peligrosos pululando por ahí. Yo misma he tenido problemas más de una vez. El barrio cambia mucho desde que sale el último tren de la noche hasta que pasa el primero de la mañana. Durante el día parece un sitio distinto.

Mari alcanza la gorra que ha dejado sobre la barra

y, durante unos instantes, juguetea con la visera. Le está dando vueltas a algo en la cabeza, aunque al final aleja esos pensamientos de su mente.

Mari habla con un tono de voz calmado pero resuelto:

–Lo siento, pero ¿podemos hablar de otra cosa?

Kaoru toma un puñado de cacahuetes y se lo embute en la boca.

–Sí, claro. Vale. Hablemos de otra cosa.

Mari se saca un paquete de Camel con filtro de un bolsillo de la cazadora y lo enciende con un mechero Bic.

–¡Anda! ¡Pero si fumas! –exclama Kaoru con admiración.

–A veces.

–Pues no te pega nada.

Mari se ruboriza, pero, aun así, esboza una sonrisa incómoda.

–¿Me das uno? –dice Kaoru.

–Claro.

Kaoru se pone un cigarrillo entre los labios, alcanza el mechero de Mari, lo enciende. Realmente, a ella le pega mucho más tener un pitillo entre los dedos.

–¿Tienes novio?

Mari hace un pequeño gesto negativo de cabeza.

–Por ahora, no me interesan demasiado los chicos.

–¿Y las chicas, sí?

–No, tampoco. Vaya, no lo sé.

Kaoru fuma mientras escucha la música. Al relajarse, el cansancio ha aflorado a su rostro.

–Hay algo que quiero preguntarte desde hace un rato –dice Mari–. ¿Por qué el hotel se llama Alphaville?

–¡Uf! ¡Vete a saber! Eso habrá sido cosa del jefe. En un *love-ho* el nombre es lo de menos. Total, un *love-ho* es un lugar donde las parejas van a hacerlo y, mientras haya una cama y un baño, la verdad es que puede llamarse como le dé la gana. Con que tenga un nombre, basta. ¿Por qué lo preguntas?

–Porque una de mis películas favoritas se llama *Alphaville*. Es de Jean-Luc Godard.

–No me suena de nada.

–Es una película francesa bastante antigua. De los años sesenta.

–Pues el jefe debió de sacarlo de ahí. Cuando lo vea se lo preguntaré. ¿Y qué significa eso de Alphaville?

–Es el nombre de una ciudad imaginaria del futuro –dice Mari–. Una ciudad que está en la Vía Láctea.

–O sea, que es una película de ciencia ficción. Como *La guerrra de las galaxias*.

–No, no tiene nada que ver. Ésta no tiene efectos especiales, ni acción... Es un poco difícil de explicar. Es una película conceptual. En blanco y negro, con muchos diálogos. Una de esas de arte y ensayo.

–¿Una película conceptual? ¿Y eso qué es?

–Mira, por ejemplo, en *Alphaville*, a las personas que lloran las arrestan y las ejecutan en público.

–¿Y eso por qué?

–Porque en *Alphaville* no está permitido tener sentimientos profundos. No existen cosas como el amor. Tampoco existen las contradicciones ni la ironía. Allí todas las cosas se procesan mediante la aplicación de fórmulas matemáticas.

Kaoru frunce el entrecejo.

–¿Ironía?

–Es cuando una persona se observa a sí misma, o algo que está relacionado con ella, con mirada objetiva, o también desde el punto de vista contrario, y encuentra su vertiente cómica.

Kaoru reflexiona un poco sobre la explicación de Mari.

–No acabo de entenderlo. Pero, bueno. ¿En *Alphaville* existía el sexo?

–Sí, el sexo sí existía.

–¿Un sexo que no necesitaba ni ironía ni amor?

–Sí.

Kaoru ríe divertida.

–Pues, entonces, el nombre le va al pelo a un *love-ho*.

Entra un cliente de mediana edad, bajito, muy bien vestido, se sienta a la barra, pide un cóctel y empieza a hablar en voz baja con el barman. Parece un cliente habitual. El asiento de siempre, la bebida de siempre. Una de esas personas difíciles de clasificar que pueblan la ciudad de madrugada.

–Antes practicabas lucha libre femenina, ¿verdad? –pregunta Mari.

–Sí, durante un montón de tiempo. Era fuerte, grande y aguantaba bien en las peleas. Me reclutaron en el instituto, empecé enseguida y, desde entonces, me especialicé en el papel de chica mala. Me teñí el pelo de rubio chillón, me afeité las cejas, hasta me tatué un escorpión de color rojo en el hombro. Salía de vez en cuando por la tele y todo. Fui a luchar a Hong-Kong y a Taiwán. Incluso tenía un club de fans en mi pueblo. Pequeño, eso sí. Tú no ves lucha libre femenina, ¿verdad?

–Hasta el momento no.

–No creas, tampoco es una buena manera de ganarse la vida. Al final, se me jodió la espalda y me retiré a los veintinueve años. Yo, luchando, iba a por todas, ¿sabes? Y acabé hecha polvo. Lógico. Por muy fuerte que seas, todo tiene un límite. A mí, por naturaleza, no me van las medias tintas. No sé si es que soy demasiado servicial o qué, pero, en cuanto oía a la gente desgañitándose, me lo tomaba muy a pecho y hacía más de la cuenta. Y así estoy ahora. A la que llueve unos cuantos días seguidos, me muero del dolor de espalda. Lo único que puedo hacer es tenderme y quedarme quieta. Patético. –Kaoru gira el cuello con una serie de crujidos–. Cuando era famosa y ganaba pasta, había un montón de gente pululando a mi alrededor, pero en cuanto lo dejé, ¡se acabó! No me quedó *nada de nada*. Que a mis padres les hiciera una casa en el pueblo, en Yamagata, pues es lo normal. Lo que debe hacer una buena hija. Pero luego, entre devolver las deudas de juego de mi hermano pequeño y que unos parientes que apenas conocía se aprovecharon de mí, aparte de las inversiones de pacotilla en las que me metió un tipo del banco, se me fue todo el dinero. En aquella época agarré una depresión que no veas. «¿Qué diablos he estado haciendo durante estos diez años?», me decía a mí misma. Me estaba acercando a los treinta, tenía el cuerpo hecho polvo y no me quedaba ni un céntimo en el banco. No sabía qué iba a ser de mí en el futuro. Fue entonces cuando, gracias al enchufe de un tipo del club de fans, mi jefe de ahora me propuso que trabajara como encargada en el *love-ho*. Bueno, encargada, lo que se dice encargada... Como puedes ver, hago medio de gorila.

Kaoru se bebe de un trago la cerveza que le queda y mira el reloj de pulsera.

–¿No tendrías que volver al trabajo? –pregunta Mari.

–El *love-ho*, a estas horas, es cuando más tranquilo está. Como ya no circulan los trenes, la mayoría de clientes se queda durante toda la noche. No habrá faena hasta mañana por la mañana. Ya sé que todavía estoy de servicio, pero por tomarme una cervecita no pasa nada.

–Entonces, ¿trabajas toda la noche y luego te vas a casa?

–Tengo alquilado un apartamento en Yoyogi,* pero, como allí no tengo nada que hacer y tampoco me espera nadie, la mayoría de las veces me quedo a dormir en un cuartito del que disponemos en el ho-

* Céntrico distrito de Tokio famoso por su parque. *(N. de la T.)*

80

tel. Y, en cuanto me levanto, me pongo a trabajar. ¿Y tú? ¿Qué vas a hacer ahora?

–Pues matar el tiempo leyendo en alguna parte.

–Oye, si quieres puedes quedarte en el hotel. Esta noche hay habitaciones libres y puedo dejarte dormir en una hasta mañana temprano. Estar solo en una habitación de un *love-ho* es un poco triste, pero se duerme la mar de bien. La cama, al menos, es grande.

Mari hace un pequeño gesto de asentimiento. Pero ya lo tiene decidido.

–Gracias. Pero ya me las apañaré.

–Vale. Como quieras –dice Kaoru.

–¿Takahashi está ensayando con los de su banda por aquí cerca?

–¿Takahashi? Sí. Estará toda la noche dale que te pego en el sótano de un edificio de por aquí. ¿Quieres pasarte un momento? Claro que hacen un ruido de mil demonios.

–No, gracias. Sólo preguntaba.

–Ya. Pero es un buen tipo, ¿eh? Y el chico promete, no creas. Nadie lo diría por la pinta de desgraciado que tiene, pero, en el fondo, es un chico muy decente. No está tan mal.

–¿De qué lo conoces?

Kaoru aprieta los labios y hace una mueca.

–Es una historia muy divertida, pero mejor que te la cuente él mismo. Sí, mejor que te la cuente él.

Kaoru paga la cuenta del bar.

–¿Y en tu casa no se enfadarán si no apareces en toda la noche?

–Les he dicho que me iba a dormir a casa de una amiga. De todos modos, haga lo que haga, a mis padres no les preocupa demasiado.

–Eso es porque eres una chica seria y piensan que pueden dejarte suelta.

Mari no comenta nada al respecto.

–Pero no siempre lo eres, ¿verdad?

Mari hace una pequeña mueca.

–¿Y por qué piensas eso de mí?

–No se trata de lo que yo piense o deje de pensar. Es lo que pasa a los diecinueve años. Y como yo también he tenido esa edad, pues sé muy bien de lo que estoy hablando.

Mari clava la vista en Kaoru. Está a punto de decir algo, pero no encuentra las palabras apropiadas y, al final, desiste.

–Aquí cerca hay un Skylark. Te acompañaré hasta allí –dice Kaoru–. El encargado es amigo mío y le diré que te cuide. Te dejará pasar allí toda la noche. ¿Vale?

Mari asiente. El disco se acaba y, de forma automática, la aguja sube, el brazo vuelve a su sitio. El barman se acerca al tocadiscos, cambia el disco. Despacio, lo quita y lo guarda en la funda. Saca otro disco, lo inspecciona a la luz y lo pone sobre el plato. Al pulsar el botón, la aguja desciende. Se oye un crepitar casi imperceptible. Luego empieza a sonar *Sophisticated Lady*, de Duke Ellington. El solo del lánguido clarinete bajo de Harry Carney. Los movimientos pausados del barman confieren al local una manera muy particular de fluir el tiempo.

Mari le pregunta al barman:

–¿Usted sólo pone elepés?

–Es que los cedés no me gustan –responde el barman.

–¿Por qué?

–Porque brillan demasiado.

–¿Eres un cuervo o qué? –interviene Kaoru.

–Pero los elepés dan muchísimo más trabajo, ¿no? Hay que ir cambiando el disco todo el rato –dice Mari.

El barman se ríe.

–¡Ya me dirás! ¡A estas horas! No hay tren hasta mañana. ¿Qué sentido tiene apresurarse?

–Este tipo es un poco raro, ¿sabes? –dice Kaoru.

–Es que, a medianoche, el tiempo transcurre de una manera especial –aclara el barman. Con un fuerte chasquido, enciende una cerilla de cartón y prende un cigarrillo–. Y es inútil oponerse a ello.

–Mi tío también tenía muchos discos –cuenta Mari–. Decía que no lograba acostumbrarse al sonido de los cedés. Casi todos los discos eran de jazz. Cuando iba a verlo, siempre me los ponía. Yo era muy pequeña y no entendía nada de música, pero me gustaba mucho el olor de aquellas viejas fundas y el crepitar que se oía al bajar la aguja.

El barman asiente sin decir nada.

–También fue mi tío quien me habló del cine de Jean-Luc Godard –le dice Mari a Kaoru.

–Te llevabas muy bien con él, ¿no? –pregunta Kaoru.

–Sí, bastante –responde Mari–. Era profesor de universidad, pero también tenía su parte canalla. Murió de repente, hace unos tres años, de un ataque al corazón.

–Pásate otro día por aquí si te apetece. Excepto los domingos, el bar está abierto a partir de las siete de la tarde –dice el barman.

–Gracias –dice Mari.

Mari coge una caja de cerillas del local que estaba sobre la barra y se la mete en el bolsillo de la cazadora. Luego se baja del taburete. La aguja del disco va siguiendo el surco, se oye la música lánguida y sensual de Ellington. Música de madrugada.

am

Skylark. Un gran letrero de neón. A través del cristal se ve una zona luminosa donde se encuentran las mesas. En una mesa grande, un grupo de chicos y chicas, al parecer estudiantes universitarios, ríe a carcajadas. El local está mucho más animado que el Denny's hace un rato. Las densas tinieblas de la calle, de madrugada, no han logrado llegar hasta aquí.

En el lavabo del Skylark está Mari lavándose las manos. Ahora no lleva puesta la gorra. Ni tampoco las gafas. Por los altavoces del techo suena a bajo volumen un viejo éxito de los Pet Shop Boys. *Jealousy.* El gran bolso bandolera descansa a un lado del lavabo. Ella se está lavando meticulosamente las manos con el jabón líquido del dispensador sujeto a la pared. Parece que intente desprenderse de algo pegajoso que se le ha adherido entre los dedos. De vez en cuando alza la mirada y observa su rostro reflejado en el espejo. Cierra el grifo, se inspecciona los diez dedos de las manos bajo la luz, se los seca frotándoselos con una toalla de papel. Luego aproxima su rostro al espejo. Estudia su imagen como si esperara que ocurriese algo. Como si no quisiera que se le pasase por alto el menor cambio. Pero no ocurre nada. Con ambas manos apoyadas en el lavabo cierra los ojos, empieza a contar, vuelve a abrirlos. De nuevo estudia su cara con detenimiento. Pero sigue sin notar ningún cambio, por supuesto.

Se pasa una mano por el flequillo. Se coloca bien la capucha de la sudadera que lleva debajo de la cazadora. Luego, como si se alentara a sí misma, se mordisquea los labios y asiente repetidas veces. De modo simultáneo, la Mari del espejo también se mordisquea los labios y asiente repetidas veces. Se cuelga el bolso al hombro, sale del lavabo. La puerta se cierra.

Nuestra mirada convertida en cámara permanece unos instantes en el lavabo, sigue barriendo el interior del cuarto. Mari ya no está allí. Ya no hay nadie.

Sólo la música sonando por los altavoces del techo. Una melodía de Hall & Oates. *I Can't Go for That*. Al mirar con atención, descubrimos que en el espejo todavía se refleja la imagen de Mari. Y la Mari del espejo está mirando hacia nosotros desde el otro lado. Con expresión seria, como si estuviera esperando a que ocurriera algo. Pero a este lado no hay nadie. Sólo la imagen de Mari que permanece en el espejo del Skylark.

Todo va sumiéndose en la oscuridad. En las tinieblas, cada vez más densas, suena *I Can't Go for That*.

Oficina del hotel Alphaville. Kaoru está sentada frente al ordenador con cara sombría. La pantalla de cristal líquido muestra una imagen captada por la cámara de seguridad de la entrada. Una imagen nítida. En una esquina de la pantalla figura la hora. Kaoru confronta unas cifras anotadas en un papel con los dígitos que aparecen en el ordenador y va pasando rápido la imagen, o congelándola, sirviéndose del ratón. No parece encontrar lo que busca. De vez en cuando alza los ojos al techo y suspira.

Komugi y Kôrogi entran en la oficina.

–¿Qué estás haciendo, Kaoru? –pregunta Komugi.

–¡Uf! ¡Qué cara de malhumor! –dice Kôrogi.

–Es el DVD de la cámara de seguridad –explica Kaoru sin apartar los ojos de la pantalla–. Por la hora, descubriremos quién ha zurrado a la chica.

–Pero a aquella hora había un montón de clientes entrando y saliendo. ¿Cómo sabremos cuál es? –dice Komugi.

Los gruesos dedos de Kaoru siguen aporreando con torpeza las teclas.

—Todos los demás clientes han entrado en el hotel por parejas. Aquel hombre es el único que ha venido solo y ha esperado en la habitación a que llegara la mujer. El tipo ha cogido la llave de la cuatrocientos cuatro en la entrada a las 10:52. Eso lo sé seguro. A la mujer la han traído en moto diez minutos después. Esto último me lo ha dicho Sasaki, de recepción.

—Entonces, basta con que saques la imagen de las 10:52, ¿no? —dice Komugi.

—Claro. Pero no es tan fácil —responde Kaoru—. Yo no me aclaro con estos cacharros digitales de la leche.

—Aquí no te sirven los musculitos, ¿eh? —dice Komugi.

—Exacto.

—Kaoru, tú naciste en una época equivocada —dice Kôrogi con expresión grave.

—Sí, con unos dos mil años de error —añade Komugi.

—Más o menos —asiente Kôrogi.

—Dejaos de cachondeo —dice Kaoru—. ¿Y vosotras qué? ¿Vosotras os aclaráis con esto?

—¡Nooo! —exclaman las dos al unísono.

Kaoru teclea la hora en la columna del buscador, hace clic y espera a que salga la imagen en la pantalla, pero ésta no aparece. Por lo visto, ha cometido algún error. Chasquea la lengua. Echa mano del manual de instrucciones y lo hojea nerviosamente, pero no logra entenderlo, desiste y lo arroja sobre la mesa.

–¡Joder! Tendría que salir, pero no sale. Si estuviera Takahashi, él lo conseguiría en un santiamén.

–Pero oye, Kaoru. Por mucho que sepas qué cara tiene ese tipo, ¿qué diablos puedes hacer tú? Porque a la poli no vas a ir. Vamos, digo yo –dice Komugi.

–No es un farol, yo con ésos no quiero tratos.

–¿Y entonces qué vas a hacer?

–Ya lo pensaré luego –contesta Kaoru–. Pero no va conmigo dejar que un cerdo como ése se pasee por ahí tan tranquilo. El muy cabrón le pega una paliza a una pobre desgraciada, la despluma y, encima, se larga sin pagar la habitación.

–A un hijo de puta así habría que agarrarlo y atizarle hasta dejarlo medio muerto. Colgarlo de los huevos –dice Kôrogi.

Kaoru hace un amplio gesto de asentimiento.

–Ya me gustaría, ya. Pero ése no es tan tonto como para aparecer otra vez por aquí. Al menos de momento. Y a mí no me sobra el tiempo para andar buscándolo por ahí.

–¿Y qué piensas hacer?

–¡Y dale! Ya te he dicho que lo pensaré luego.

Kaoru, al borde de la desesperación, hace un doble y vigoroso clic en un icono que hay en un rincón y la imagen de las 10:48 aparece en la pantalla.

–¡Hurra!

Komugi: Quien la sigue, la consigue...

Kôrogi: Incluso el ordenador se ha cagado de miedo. Seguro.

Las tres miran la imagen de la pantalla en silencio, conteniendo la respiración. A las 10:50 entra una pareja joven. Parecen estudiantes. Los dos están visiblemente nerviosos. Tras vacilar unos instantes ante el panel de fotografías, pulsan el botón de la habitación 302, cogen la llave y se disponen a subir al ascensor. No lo encuentran y dan vueltas buscándolo.

Kaoru: Éstos son los clientes de la trescientos dos.

Komugi: ¿Los de la trescientos dos? Parecen unos angelitos, pero son unos animales. Han dejado la habitación patas arriba.

Kôrogi: No exageres, mujer. Es que son jóvenes. Para eso pagan y vienen a un lugar como éste.

Komugi: ¡Pues mira por dónde! Yo todavía soy joven, pero hace tiempo que nada de nada.

Kôrogi: Eso será porque tú no quieres, Komugi-chan.

Komugi: ¿Porque yo no quiero?

Kaoru: ¡Eh! Que va a salir el de la 404. ¡Dejaos de chorradas y mirad!

Un hombre aparece en la pantalla. Son las 10:52.

Viste una gabardina gris claro. Tendrá unos treinta y cinco años, quizá cuarenta. Lleva corbata, zapatos de piel y tiene aspecto de oficinista. Gafas pequeñas con montura metálica. No saca las manos de los bolsillos en ningún momento. Altura, complexión y peinado completamente normales. Es el tipo de hombre en quien no te fijas cuando te cruzas con él por la calle.

–¡Anda! Pero si parece un tipo muy normal –dice Komugi.

–Los que parecen normales son luego los que más miedo me dan –dice Kaoru frotándose el mentón–. A ésos el estrés les sale por las orejas.

El hombre echa una ojeada al reloj, comprueba la hora y, sin vacilar un instante, coge la llave de la 404. Luego se dirige a paso rápido hacia el ascensor y desaparece del campo visual de la cámara. Kaoru congela la imagen y se dirige a las otras dos.

–Bueno, viendo esto, ¿qué se os ocurre?

–Pues que debe de trabajar en una empresa –dice Komugi.

Kaoru mira a Komugi con cara de pasmo y sacude la cabeza.

–¡No me digas! Me parece evidente que un hombre que anda a esas horas con traje y corbata es un empleado de alguna empresa que acaba de salir del curro.

–Vale. Perdona –se disculpa Komugi.

–Este tipo parece muy ducho en la materia –dice Kôrogi–. No sé si es que ya había estado aquí antes o qué, pero no duda ni un segundo.

Kaoru asiente.

–Cierto. Toma la llave enseguida y se va derechito al ascensor. Por el camino más corto, sin hacer un movimiento de más. Ni siquiera echa un vistazo a su alrededor.

Komugi: O sea, que no es la primera vez que viene.

Kôrogi: En otras palabras, que es un cliente.

Kaoru: Puede. Quizás ya había pedido que le trajeran a una mujer de la misma manera.

Komugi: Los hay especializados en chinas.

Kaoru: Sí. Hay muchos que tienen esa afición. Entonces, si está empleado en una empresa y no es la primera vez que viene, a lo mejor es que trabaja cerca de aquí.

Komugi: Podría ser.

Kôrogi: Pues, si es así, seguro que suele trabajar de noche.

Kaoru mira a Kôrogi con extrañeza.

−¿Por qué lo dices? También podría ser que, después del trabajo, se fuera a tomar una copa, se animara y le entraran ganas de echar un polvo. Eso pasa, ¿no?

Kôrogi: Pero es que este hombre viene con las manos vacías. Parece que haya dejado sus cosas en la empresa. Si estuviera a punto de volver a casa, llevaría algo en las manos. Un maletín o un portafolios. Ningún empleado va a trabajar con las manos vacías. Lo que significa que el tipo viene aquí con la intención de regresar a la oficina después. Ésa es mi opinión.

Komugi: ¿Y trabaja a medianoche?

Kôrogi: Hay muchísima gente que se queda en la oficina y trabaja hasta el amanecer. Especialmente los informáticos. En trabajos relacionados con el *software*, por ejemplo. Cuando los demás terminan su jornada y se vuelven a casa, ellos se quedan solos en la oficina y van toqueteando el sistema. Porque, cuando todo el personal está trabajando, no pueden interrumpirlo. Así que hacen horas extras hasta las dos o las tres de la mañana y, luego, regresan a casa en taxi. La empresa les da unos vales para el taxi.

Komugi: Pues mira, ahora que lo dices, el tipo tiene pinta de uno de esos *otaku*** informáticos. Pero, oye, Kôrogi, ¿se puede saber de dónde sacas tú todas estas cosas?

Kôrogi: Porque, aquí donde me ves, antes trabajaba en una empresa. En una buena compañía, no creas. Era secretaria.

Komugi: ¿En serio?

Kôrogi: Era una empresa. Pues claro que trabajaba en serio.

Komugi: ¡No jodas! ¿Y por qué...?

Kaoru interviene con tono irritado:

—¡Eh, vosotras! ¡Callaos! Ahora estamos hablando de otra cosa. Dejad esa cháchara para luego.

Komugi: Vale. Perdona.

Kaoru recupera la imagen de las 10:52 y la reproduce, fotograma a fotograma. Escoge el adecuado, congela la imagen y va ampliando, de forma gradual, el punto donde sale la figura del hombre. Luego lo imprime. Obtiene una fotografía del rostro bastante grande, en color.

Komugi: ¡Fantástico!

---

* Persona insociable entregada a sus aficiones. *(N. de la T.)*

Kôrogi: ¡Lo que llegan a hacer estos cacharros! Parece *Blade Runner*.

Komugi: Qué práctico. Pero, pensándolo bien, no puedes estar tranquila ni al entrar en un *love-ho*.

Kaoru: Pues ya lo sabéis, chicas. Fuera de casa, portaos bien. Una nunca sabe cuándo la va a pillar una cámara.

Komugi: Dios lo ve todo. Y las cámaras digitales también.

Kôrogi: ¡Y que lo digas! Mejor andarse con ojo.

Kaoru saca cinco copias de la imagen. Las tres clavan los ojos en el rostro del hombre.

Kaoru: Al ampliarla, ha quedado un poco granulosa, pero la cara se ve bien, ¿verdad?

Komugi: De sobra. Si me lo encuentro por la calle, seguro que lo reconozco.

Kaoru gira el cuello haciéndolo crujir y se queda reflexionando en silencio. De pronto, tiene una idea.

–¡Eh, vosotras! ¿Alguna de las dos ha usado el teléfono después de que yo saliera de la oficina? –les pregunta.

Ambas niegan con la cabeza.

Komugi: Yo no.

Kôrogi: Ni yo tampoco.

Kaoru: Entonces, nadie ha marcado ningún número después de que la chica china llamara por teléfono, ¿verdad?

Komugi: Yo no lo he tocado.

Kôrogi: Yo no le he puesto un solo dedo encima.

Kaoru levanta el auricular y, tras tomar una bocanada de aire, aprieta la tecla de rellamada.

A los dos timbrazos, un hombre se pone al teléfono. Dice algo en chino, muy rápido.

Kaoru se dirige a él:

—Hola. Te llamo del hotel Alphaville. Hoy, sobre las once de la noche, un cliente le ha pegado una paliza a una de vuestras chicas, ¿verdad? Pues tengo una foto del tipo. La he sacado de la cámara de seguridad. ¿Os interesa?

Su interlocutor enmudece unos instantes. Luego dice en japonés:

—Espera un momento.

—Espero —dice Kaoru—. Lo que haga falta.

Al parecer, al otro lado del teléfono están discutiendo algo. Sin apartar el auricular del oído, Kaoru va dándole vueltas a un lápiz entre los dedos. Komugi, mientras tanto, con el mango de la escoba a guisa de micrófono, canturrea con gran profusión de mímica.

—Cae la nieve..., tú no vienes..., pero espero..., todo lo que haga falta...

El hombre vuelve a ponerse al teléfono.

—La foto ¿la tienes ahí?

—Acabadita de imprimir.

—¿De dónde has sacado este número de teléfono?

—Es que los aparatos de hoy en día son muy prácticos, ¿sabes? —dice Kaoru.

El hombre enmudece unos instantes.

—En diez minutos estoy ahí.

–Te espero en la entrada.

Se corta la comunicación. Kaoru cuelga con una mueca. Vuelve a girar su grueso cuello dejando oír una serie de crujidos. El cuarto se queda en silencio. Komugi abre la boca titubeante.

–Oye, Kaoru.

–¿Qué?

–¿En serio vas a darles a ésos la foto?

–Ya te lo he dicho antes, ¿no? No tolero que un hijo de puta se ensañe con una pobre chica inocente. Y me cabrea que se haya largado sin pagar la habitación. Además, no soporto mirar su cara gelatinosa de oficinista cabrón.

Komugi: Vale. Pero si ésos lo pescan, quizá le aten una piedra al cuello y lo echen a la bahía de Tokio. Y acabar metida en un lío de ese calibre es un mal rollo.

Kaoru, con una mueca en el rostro todavía:

–¡Bah! No llegarán a deshacerse de él. Que se maten entre chinos, eso a la policía le trae sin cuidado, pero si se cargaran a un japonés respetable, cambiaría mucho el asunto. Matarlo les traería demasiados problemas. Lo pillarán y le darán un buen escarmiento. Como mucho, le cortarán una oreja.

Komugi: ¡Huy! ¡Qué daño!

Kôrogi: Mira, igualito que Van Gogh.

Komugi: Pero, Kaoru, ¿crees que podrán encontrarlo sólo con una foto? La ciudad es muy grande.

Kaoru: Sí, pero esa gente, cuando se propone algo, lo hace. No dejan las cosas así como así. Si cualquier tipo de la calle se la fuera jugando, al final ya no controlarían a las mujeres y, entre sus colegas, perderían el honor. Y si lo pierden, no pueden sobrevivir en su mundo.

Kaoru toma un cigarrillo de encima de la mesa, se lo lleva a la boca, lo enciende con una cerilla. Frunciendo los labios, suelta una larga bocanada de humo sobre la pantalla.

Allí sigue congelada la imagen ampliada del rostro del hombre.

Diez minutos después. Kaoru y Komugi esperan cerca de la entrada del hotel. Kaoru lleva la misma cazadora de piel y el mismo gorro de lana calado hasta las cejas. Komugi, un grueso y ancho jersey. Se abraza a sí misma como si tuviera frío. Pronto llega el hombre de la gran motocicleta, el que acudió antes a buscar a la chica. Detiene la moto en un sitio algo apartado de las dos mujeres. No apaga el motor, por supuesto. Se quita el casco, lo deja sobre el depósito de gasolina, se quita el guante de la mano derecha con gesto precavido y se lo mete en el bolsillo de la cazadora; entonces se queda quieto. No hace un solo movimiento. Kaoru se acerca al hombre dando grandes zancadas, le entrega tres fotografías. Le dice:

–Al parecer, trabaja en una empresa de por aquí. Es muy posible que trabaje a menudo por la noche y que ya os haya pedido antes que le traigáis a una mujer a este hotel. Puede que sea un cliente habitual vuestro.

El hombre agarra las fotografías, las contempla durante unos segundos. No parece que le despierten un gran interés.

–¿Y? –dice el hombre mirando a Kaoru.

–¿Cómo que y qué?

–¿Por qué me las das?

–Porque he pensado que a lo mejor las querrías. ¿No las quieres?

Sin responder a la pregunta, el hombre se baja la cremallera de la cazadora y guarda las fotografías dobladas por la mitad en una especie de portadocumentos que lleva colgado del cuello. Después se sube la cremallera hasta arriba. Mientras tanto, mantiene la mirada fija en el rostro de Kaoru. No aparta la vista un solo instante.

Al parecer, el hombre quiere saber qué desea obtener Kaoru a cambio de la información. Pero no lo pregunta. Sin cambiar de postura, con la boca cerrada, espera a que ella se lo diga. Kaoru, por su parte, con los brazos cruzados sobre el pecho, clava su gélida mirada en el rostro del hombre. Tampoco ella quiere darse por vencida. Continúan sosteniéndose la mirada de un modo desafiante. Poco después, Kaoru rompe el silencio con un calculado carraspeo.

–Escucha. Si encontráis al tipo ese, ¿me lo dirás?

El hombre sujeta el manillar con la mano izquierda, tiene la derecha apoyada con suavidad sobre el casco.

–Si encontramos al tipo, quieres que te lo diga –repite el hombre mecánicamente.

–Sí.

–¿Sólo decírtelo?

Kaoru asiente.

–Basta con que me lo digáis de pasada. No hace falta que me contéis lo que habéis hecho con él.

El hombre reflexiona unos instantes. Luego da dos golpecitos con el puño sobre el casco.

–Si lo encontramos, te lo diré.

–Estaré esperando –dice Kaoru–. ¿Todavía cortáis orejas?

El hombre tuerce ligeramente los labios.

–Vida, sólo se tiene una. Orejas, dos.

–Quizá sí. Pero con una sola oreja no se pueden llevar gafas.

–Es un inconveniente –dice el hombre.

La conversación termina ahí. El hombre se pone el casco. Luego le da un fuerte taconazo al pedal, gira y se va.

Plantadas en mitad de la calle, Kaoru y Komugi se quedan un rato sin decir nada, contemplando cómo se aleja la motocicleta.

–¡Joder! El tipo este parece un fantasma –dice Komugi cuando finalmente abre la boca.

–Bueno, ésta es la hora en que aparecen –dice Kaoru.

–¡Qué peligro!

–Sí. ¡Qué peligro!

Las dos regresan al hotel.

Kaoru está sola en la oficina. Apoya las piernas sobre la mesa. Una vez más, alcanza la fotografía y la mira. Primer plano de la cara del hombre. Kaoru suelta un pequeño gruñido, vuelve los ojos hacia el techo.

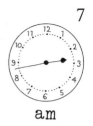

Hay un hombre trabajando frente al ordenador. Es el hombre captado por la cámara de seguridad del hotel Alphaville. El tipo de la gabardina gris claro que recogió la llave de la habitación 404. Aporrea el teclado sin mirarlo. Es increíblemente veloz. Sin embargo, sus diez dedos a duras penas consiguen seguir el hilo de sus pensamientos. Mantiene los labios apretados con fuerza. Rostro inexpresivo de principio a fin. No muestra alegría cuando algo le sale bien, ni decepción cuando no lo consigue. Lleva las mangas de la camisa arremangadas hasta el codo, el primer botón de la camisa desabrochado, el nudo de la corbata flojo. De vez en cuando, apunta con un lápiz cifras y signos en un bloc de notas que tiene al lado. Largo lápiz plateado con una goma en la punta. En él figura el nombre de la empresa Veritech. En una bandeja hay, cuidadosamente alineados, seis lápices plateados iguales. Incluso la longitud es casi idéntica. La punta está afilada al máximo.

Se ve una estancia amplia. Sólo él sigue trabajando después de que sus compañeros se hayan ido a casa.

La música de piano de Bach suena a un volumen moderado desde un reproductor de cedés de pequeño tamaño que descansa sobre el escritorio. *Suites inglesas,* interpretadas por Ivo Pogorelich. Toda la sala se halla a oscuras, sólo la zona de su escritorio está iluminada por los fluorescentes del techo. La escena podría figurar en un cuadro de Edward Hopper titulado *Soledad.* Pero el hombre no parece sentirse solo. Al contrario. Prefiere que no haya gente a su alrededor. Nadie lo distrae, puede trabajar escuchando su música favorita. Su trabajo no le desagrada en absoluto. Cuando se concentra en él, se olvida de los pequeños asuntos de la vida real y, si no escatima esfuerzo y tiempo, puede resolver cualquier problema de una manera lógica y analítica. Siguiendo de forma medio inconsciente el flujo de la música, mantiene los ojos clavados en la pantalla del ordenador y mueve los dedos a toda velocidad, como si estuviera compitiendo con Pogorelich. No hace un solo movimiento superfluo. Aquí únicamente existen la exquisita música del siglo XVIII, él y los problemas técnicos que le han sido confiados.

Sin embargo, el dorso de la mano derecha parece dolerle. De vez en cuando interrumpe su trabajo, abre y cierra la mano, gira la muñeca. Se masajea con la mano izquierda el dorso de la derecha. Respira hondo, echa una ojeada al reloj de pulsera. Esboza una mueca casi imperceptible. Por culpa del dolor no puede realizar su trabajo con la celeridad acostumbrada.

Viste con corrección y pulcritud. La ropa carece

de personalidad y sofisticación, pero el hombre parece haber elegido su atuendo con cuidado. No tiene mal gusto. Tanto la camisa como la corbata parecen caras. Posiblemente sean de marca. Mirándole el rostro, uno diría que es inteligente, de buena familia. El reloj que luce en la muñeca izquierda es fino y elegante. Gafas estilo Armani. Tiene las manos grandes, de dedos largos. Lleva las uñas muy cuidadas y en el dedo anular luce una fina alianza. Sus facciones son anodinas, pero traslucen una gran fuerza de voluntad. Rondará los cuarenta años, el contorno de su cara no presenta muestras de flacidez. Su aspecto recuerda una habitación bien ordenada. Nadie diría que va pagando los servicios de prostitutas chinas en los *love hotel*. Y, mucho menos, que las golpea de forma injusta y brutal, que las deja desnudas y se lleva su ropa. Pero eso es lo que ha hecho. *No ha podido evitarlo.*

Suena el teléfono, pero no contesta. Sin alterar un ápice la expresión de la cara, sigue trabajando a la misma velocidad. Deja que suene. Ni siquiera le dedica una mirada. Al cuarto timbrazo, salta el contestador automático.

«Éste es el número de Shirakawa. En este instante, no puedo atenderles. Por favor, dejen su mensaje después de oír la señal.»

Suena la señal.

–Hola –dice una voz de mujer. Grave, algo somnolienta–. Soy yo. ¿Estás ahí? Si me oyes, ponte un momento.

Sin dejar de mirar la pantalla, pulsa el botón de «pausa» del mando a distancia del reproductor de cedés y, luego, conecta la línea telefónica. Puede hablar sin descolgar el auricular.

–Aquí estoy –dice Shirakawa.

–He llamado antes y no contestabas. Así que he pensado que, a lo mejor, hoy volvías pronto –dice la mujer.

–¿Antes? ¿A qué hora?

–Pasadas las once. Te he dejado un mensaje.

Shirakawa echa una ojeada al teléfono. En efecto, la luz roja del contestador está parpadeando.

–Lo siento. No me he dado cuenta. Estaba concentrado en el trabajo –dice Shirakawa–. ¿Pasadas las once, dices? A aquella hora he salido a buscar algo de comer. Luego he pasado por un Starbucks y me he tomado un cortado. ¿Aún estás despierta?

Incluso mientras habla, Shirakawa continúa tecleando con las dos manos.

–No. A las once y media me he acostado, pero he tenido una pesadilla horrible y me he despertado hace un momento. Y como no habías vuelto todavía... Entonces, hoy, ¿qué has elegido?

Shirakawa no entiende a qué se refiere. Deja de teclear, echa una ojeada al teléfono. Por un instante, se le marcan más las arrugas del contorno de los ojos.

–¿Que qué he elegido?

–Qué has comido esta noche.

–¡Ah! Comida china. Como siempre. Llena mucho.

–¿Estaba buena?

–Pues, no... No especialmente.

Vuelve a clavar los ojos en la pantalla, empieza a teclear de nuevo.

–Y el trabajo ¿cómo va?

–La situación es compleja. Un tipo ha lanzado la bola al *rough*.* Y como alguien no lo arregle para mañana a primera hora, no podrán celebrar la videoconferencia.

–Y ese *alguien* ¿eres tú otra vez?

–Exacto –dice Shirakawa–. Aquí no veo a nadie más.

–¿Podrás recuperarlo para mañana?

–Pues claro. Soy un cabeza de serie. Incluso en mis peores días, no bajo del *par*.** Además, si mañana no se celebra la videoconferencia, ya podemos olvidarnos de adquirir Microsoft...

–¿Vais a adquirir Microsoft?

–Hablo en broma –dice Shirakawa–. Creo que tardaré alrededor de una hora. Luego llamaré a un taxi y llegaré a casa sobre las cuatro y media.

–A esa hora, supongo que yo ya estaré durmiendo. Tengo que levantarme a las seis para prepararles la comida a los niños.

–Cuando tú te levantes, yo estaré dormido como un tronco.

---

* En golf, se llama *rough* al terreno situado junto a la calle, con la hierba más alta y otros obstáculos, como matorrales. *(N. de la T.)*
** Número de golpes previstos para un determinado campo de golf. *(N. de la T.)*

–Y cuando te levantes tú, yo estaré almorzando en la empresa.

–Y cuando tú vuelvas a casa, yo estaré empezando a trabajar en serio.

–Lo que significa que volveremos a cruzarnos. Como de costumbre.

–A partir de la semana que viene a lo mejor vuelvo a tener un horario más razonable. Hay uno que se reincorpora a la oficina y, además, el nuevo sistema ya funciona mejor.

–¿De verdad?

–Quizá –dice Shirakawa.

–Si no me falla la memoria, hace un mes me dijiste exactamente lo mismo.

–Si te soy sincero, me he limitado a hacer un cortar y pegar.

La mujer lanza un suspiro.

–Ojalá lo consigas. Me gustaría comer contigo de vez en cuando y que nos acostáramos a la misma hora.

–Sí.

–No trabajes demasiado.

–Tranquila. Doy un último golpe de bola perfecto, dejo que me den unas cuantas palmaditas en la espalda y voy a casa.

–Hasta luego.

–Hasta luego.

–¡Ah! Espera un momento.

–Dime.

–Es una vergüenza pedirle esto a un cabeza de serie, pero, a la vuelta, ¿podrías pasarte por una de esas

106

tiendas que abren las veinticuatro horas y comprarme leche? Si hay, trae Takanashi desnatada.

—De acuerdo. Te conformas con poco. Takanashi desnatada.

Shirakawa desconecta el teléfono. Echa una ojeada al reloj, comprueba la hora. Coge la taza de encima del escritorio y da un sorbo al café frío que le queda. En la taza figura el logo de Intel Inside. Aprieta el botón del reproductor de cedés, lo pone en marcha y, al compás de la música de Bach, abre y cierra el puño derecho repetidas veces. Respira hondo, llena los pulmones de aire nuevo. Aleja cualquier otro pensamiento de su mente y acomete el trabajo interrumpido. ¿Cuál es la distancia más corta que debe seguir para ir con coherencia del punto A al punto B? Una vez más, éste vuelve a ser el asunto primordial.

Interior de una tienda abierta las veinticuatro horas. La leche Takanashi desnatada se encuentra en el expositor frigorífico. Takahashi busca la leche mientras silba flojito el tema de *Five Spot After Dark*. No lleva ninguna bolsa. Alarga la mano y alcanza un tetrabrik de Takanashi desnatada, pero, al darse cuenta de que es desnatada, hace una mueca. Para él se trata de un problema moral. La cuestión va más allá de que la leche tenga un porcentaje alto o bajo de grasa. Devuelve la leche desnatada a su sitio, alcanza un tetrabrik de leche entera que está al lado. Comprueba la fecha de caducidad, la mete en el cesto.

A continuación se acerca a la sección de la fruta y toma una manzana. La inspecciona con atención bajo la luz, desde distintos ángulos. No le gusta. La devuelve, toma otra, la estudia de forma idéntica. Repite los mismos gestos varias veces hasta que encuentra una aceptable –aunque no lo convenza del todo– y se la lleva. Al parecer, tanto la leche como las manzanas son alimentos que tienen para él un significado especial. Mientras se dirige a la caja registradora, sus ojos se fijan de pasada en unos pastelillos de pescado y ñame metidos en bolsas de plástico, coge uno. Tras comprobar la fecha de caducidad impresa en una esquina, lo mete dentro del cesto. En caja paga el importe de la compra, se guarda despreocupado las monedas del cambio en el bolsillo de los pantalones y sale de la tienda.

Se sienta en un bordillo, frota cuidadosamente la manzana con la manga de la camisa. Debe de haber descendido la temperatura porque su aliento es ahora una nube blanquecina. Se bebe la leche casi de un trago, después mordisquea la manzana. Absorto en sus reflexiones, la mastica a conciencia, trozo a trozo, así que tarda mucho tiempo en comérsela. Al terminar se limpia las comisuras de los labios con un pañuelo arrugado, mete el tetrabrik de leche y el corazón de la manzana en la bolsa de plástico, se acerca hasta la papelera de la entrada de la tienda y la tira adentro. Se mete el pastelillo de pescado y ñame en el bolsillo. Tras comprobar la hora en su Swatch naranja, levanta ambos brazos y se despereza.

Luego empieza a andar hacia alguna parte.

am

Nuestra mirada está de vuelta en la habitación de Eri Asai. A primera vista, no percibimos ninguna novedad. Sólo que, con el paso de las horas, ha avanzado la noche y el silencio se ha hecho más profundo. ... Pero, no. No es verdad. Algo ha cambiado. En la habitación se percibe algo muy distinto.

Pronto descubrimos cuál es la diferencia. Ahora la cama está vacía, sobre ella no yace Eri Asai. Al fijarnos en la ropa de cama, no parece probable que durante nuestra ausencia se haya despertado y levantado. La cama está sin deshacer. No presenta huellas de que Eri haya estado durmiendo en ella hasta este momento. Resulta extraño. ¿Qué diablos puede haber ocurrido?

Echamos una ojeada a nuestro alrededor. El televisor sigue encendido. En la pantalla se refleja la misma habitación de antes. Una amplia estancia vacía sin muebles. Fluorescentes impersonales, suelo de linóleo. Pero ahora la imagen se ve tan clara que parece otra. No hay interferencias, los contornos son nítidos, bien definidos. La conexión con ese lugar –dondequiera que se encuentre– es regular, sin fluctuaciones. Al igual que la luz de la luna baña un prado desierto, la brillante pantalla ilumina el interior de la estancia. Todos los objetos que se encuentran en ella se hallan bajo el influjo magnético del televisor.

La pantalla del televisor. El hombre sin rostro está sentado en la misma silla de antes. Traje marrón, zapatos negros de piel, polvo blanco, máscara brillante adherida al rostro. Tampoco su postura ha cambiado. Espalda recta, manos posadas sobre las rodillas, mirada al frente con la cabeza ligeramente inclinada hacia abajo. Los dos ojos permanecen ocultos tras la máscara. Sin embargo, es evidente que mantiene la vista clavada en algo. ¿Qué diablos está mirando? ¿Y con un interés tan grande, además? Como si leyera nuestros pensamientos, la cámara de televisión empieza a desplazarse siguiendo la mirada del hombre. En el otro extremo hay una cama. Una sencilla cama individual de madera... Y allí duerme Eri Asai.

Comparamos la cama vacía de la habitación con la que aparece en la pantalla. Vamos contrastando cada detalle. Efectivamente, son la misma cama. Las colchas son idénticas. Sin embargo, una de las camas está en la pantalla y la otra se encuentra aquí, en esta habitación. Y en la cama de la pantalla duerme Eri Asai.

Probablemente, la cama verdadera sea aquélla, deducimos nosotros. En el espacio de tiempo en que hemos tenido los ojos apartados de la habitación (han transcurrido dos horas desde nuestra marcha), la cama verdadera, junto con Eri, ha sido trasladada al otro lado. Y la que hay aquí es simplemente una cama que han dejado en sustitución de la otra. Tal vez con el *propósito* de llenar el vacío que debía de haber quedado atrás.

En la cama del otro mundo, Eri se halla sumida en un profundo sueño, como cuando se encontraba en esta habitación. Igual de bella, tan profundamente dormida como antes. No se ha dado cuenta de que una mano la ha transportado a ella (o quizá deberíamos decir su cuerpo) dentro de la pantalla del televisor. Ni siquiera la deslumbrante luz de los fluorescentes alineados en el techo logra penetrar hasta las profundidades de la sima marina de su sueño.

El hombre sin rostro vela a Eri con aquellos ojos cuya forma esconde tras la máscara. Mantiene las orejas, ocultas, vueltas hacia ella con una atención perpetua. Ni Eri ni el hombre sin rostro alteran su postura. Como animales que desean camuflarse en su entorno, ralentizan la respiración, bajan la temperatura corporal, guardan silencio, relajan los músculos, bloquean los portales de la conciencia. Lo que tenemos frente a nosotros, a primera vista, parece una escena congelada, pero la realidad no es ésa. Se trata de una imagen viva que nos está llegando en tiempo real. Tanto en esta habitación como en la otra, el tiempo transcurre de manera equivalente. Las dos habitaciones están viviendo el mismo momento. Lo sabemos por el pausado subir y bajar de los hombros del hombre sin rostro. Dondequiera que se hallen los propósitos de cada uno, también nos vemos transportados juntos, a la misma velocidad, hacia el flujo subterráneo del tiempo.

9

Interior de Skylark. Hay menos clientes que antes. El bullicioso grupo de estudiantes ya se ha ido. Mari está sentada junto a la ventana, leyendo, por supuesto. No lleva gafas. La gorra descansa sobre la mesa. La cazadora y el bolso están en el asiento contiguo. Sobre la mesa hay un plato con varios sándwiches y una infusión.

Takahashi entra. No lleva nada en las manos. Recorre el local con la mirada, descubre a Mari y se dirige hacia ella.

–¡Hola! –saluda Takahashi.

Mari levanta la cabeza, reconoce a Takahashi, le saluda con un pequeño gesto. No dice nada.

–¿Te importa que me siente un momento?

–Adelante –contesta Mari con tono neutro.

Takahashi toma asiento frente a ella. Se quita la chaqueta, se arremanga de un tirón el jersey. La camarera se acerca y le pregunta qué desea tomar. Él pide un café.

Takahashi echa una ojeada al reloj de pulsera.

–Las tres de la mañana. Es la hora más oscura de la noche, la más dura. ¿No tienes sueño?

–No mucho –responde Mari.

–Es que yo anoche dormí poco. Tuve que redactar un trabajo muy difícil.

Mari no dice nada.

–Me lo ha dicho Kaoru, que a lo mejor estabas aquí.

Mari asiente.

Takahashi se disculpa:

–Siento mucho lo de antes. Me refiero a lo de la chica china. Estábamos ensayando y me ha llamado Kaoru al móvil para preguntarme si alguno de nosotros hablaba chino. Y, claro, nosotros ni idea. Entonces me he acordado de ti. Y le he dicho que si iba a Denny's quizás encontraba a una chica así y asá, que se llamaba Mari Asai y que sabía chino. Espero no haberte causado muchas molestias.

Mari se frota con la yema del dedo la marca que le dejan las gafas.

–No pasa nada.

–Kaoru me ha contado que menos mal que fuiste. Te está muy agradecida. Además, por lo visto le has caído muy bien.

Mari cambia de tema.

–¿Ya has terminado de ensayar?

–Me estoy tomando un descanso –dice Takahashi–. Necesitaba un café para despejarme un poco. Además, quería darte las gracias. Me preocupaba un poco haberte interrumpido, ¿sabes?

–¿Interrumpirme? ¿En qué?

–Pues no lo sé –dice él–. En lo que estuvieras haciendo, interrumpirte *en algo*...

–¿Te divierte tocar música? –pregunta Mari.

–Sí. Después de volar, creo que es lo más divertido que hay.

–¿Has volado alguna vez?

Takahashi sonríe. Con la sonrisa en los labios, hace una pausa antes de responder.

–No, nunca –dice–. Hablaba en *sentido figurado*.

–¿Quieres dedicarte profesionalmente a la música?

Él niega con la cabeza.

–No tengo tanto talento para eso. Tocar es muy divertido, pero me moriría de hambre. Porque, ¿sabes?, hay una gran diferencia entre hacerlo bien y hacer algo creativo de verdad. Yo no toco nada mal. La gente me felicita y yo estoy encantado de que me feliciten. Pero sólo eso. Así que este mes dejo la banda y me retiro del mundo de la música.

–*¿Hacer algo creativo de verdad?* ¿A qué te refieres?

–Pues, ¿cómo podría explicártelo...? Imagínate que eres capaz de sentir la música muy dentro de ti y que eso afecta de alguna manera a tu cuerpo, que tiene la necesidad de moverse todo el rato, e imagínate que, al mismo tiempo, afecta de igual manera a las personas que están escuchando tu música. Es crear ese estado de comunión. Supongo.

–Suena complicado.

–*Muy* complicado –dice Takahashi–. Así que yo me bajo en la próxima. Me cambio de tren en la siguiente estación.

–¿Y no vas a tocar más?

Él vuelve hacia arriba las palmas de las manos que descansan sobre la mesa.

–Probablemente no.

–¿Vas a buscar trabajo?

Takahashi niega con la cabeza.

–No, no voy a buscar trabajo.

–¿Y qué vas a hacer entonces?

–Me voy a poner a estudiar derecho en serio. Quiero sacarme las oposiciones al cuerpo de Justicia.

Mari guarda silencio. Pero parece habérsele despertado la curiosidad.

–Claro que me llevará tiempo –dice él–. Estaba matriculado en la Facultad de Derecho, pero hasta ahora me he dedicado en cuerpo y alma a la banda y he estudiado sólo lo justo para ir tirando. Así que, por mucho que a partir de ahora me reforme y me mate a estudiar, no voy a recuperar el tiempo perdido de un día para otro. En esta vida, las cosas no son tan fáciles.

La camarera le trae el café. Takahashi le echa crema de leche, con un tintineo, empieza a removerlo utilizando la cucharilla y se lo bebe.

–A decir verdad –continúa él–, es la primera vez en la vida que tengo ganas de estudiar algo en serio. Nunca he sacado malas notas. No obtenía sobresalientes, pero tampoco era un desastre. En los momentos importantes siempre he sabido apañármelas. Así que mis notas no eran malas. Se me da bien estudiar. Por lo tanto, entré en una universidad aceptable y, de haber seguido así, quizás habría encontrado un trabajo aceptable. Y, luego, habría celebrado una boda aceptable, habría tenido una familia aceptable... ¿No te parece? Pero a esa idea le he cogido manía de pronto.

–¿Por qué? –pregunta Mari.

–¿Me preguntas que por qué de repente me han entrado ganas de estudiar en serio?

–Sí.

Sosteniendo la taza de café con ambas manos, Takahashi la mira entrecerrando los ojos. Como si atisbara por una rendija el interior de la habitación.

–¿De verdad quieres saberlo?

–Pues claro. La gente pregunta porque quiere obtener una respuesta, ¿no? Es lo normal.

–En teoría, sí. Pero también hay personas que preguntan sólo por educación.

–Tal vez, pero ¿por qué habría de preguntarte yo a ti algo por educación?

–Sí, tienes razón. –Tras reflexionar unos instantes, Takahashi deposita la taza sobre el plato. Se oye un golpecito seco–. Como respuesta, puedo ofrecerte una versión corta o una versión larga, ¿cuál prefieres?

–Una mediana.

–De acuerdo. Una de talla M. –Takahashi ordena rápidamente sus ideas–. Pues mira. Este año, de abril a junio, he ido varias veces al juzgado. Al Palacio de Justicia de la región de Tokio, en Kasumigaseki. Debía asistir a los juicios y, luego, escribir un trabajo sobre ellos. El seminario de una asignatura, ¿sabes? ¿Has ido alguna vez al Palacio de Justicia?

Mari niega con la cabeza.

–El juzgado parece un multicine –continúa Takahashi–. En la entrada hay unos carteles con una lista de los juicios del día y los horarios, una especie de programación, y tú escoges el que te interesa y vas. La entrada es libre. Eso sí, no puedes llevar cámara fotográfica ni grabadora. Tampoco comida. Está prohibido hablar. Los asientos son estrechos y, si te duermes, un ujier te llama la atención. Pero la entrada es gratuita, así que no te puedes quejar. –Takahashi hace una pausa–. En su mayor parte, asistí a juicios criminales. Agresión con lesiones, incendio provocado, robo con resultado de asesinato. Total, que allí había un mal tipo que había cometido un crimen, lo habían pillado y lo estaban juzgando. Y lo iban a castigar. Muy simple, ¿no? En los delitos económicos o intelectuales las circunstancias son mucho más complejas. La frontera entre el bien y el mal no está tan clara. Son un incordio. Lo único que quería era redactar el trabajo deprisa, sacar una nota aceptable y listos. Vamos, igual que las anotaciones diarias sobre el dondiego de día que hacía en primaria como deberes durante las vacaciones de verano.

Llegado a este punto, Takahashi se calla. Contempla las palmas de sus manos, que tiene posadas sobre la mesa.

–Sin embargo, a medida que asistía a los juicios e iba observando diferentes casos, empecé a sentir un extraño interés por los casos que se juzgaban y por las personas involucradas en ellos. Era como si, poco a poco, hubiera dejado de verlos como algo ajeno. Una cosa muy rara. Porque aquellos sujetos, desde cualquier punto de vista, pertenecían a un tipo de personas muy diferente al mío. Vivían en un mundo distinto, pensaban de una forma distinta, actuaban de manera distinta. Un grueso y alto muro se levantaba entre su mundo y el mío. Al menos eso pensaba yo al principio. Porque, vamos, yo no me puedo imaginar a mí mismo cometiendo un crimen atroz. Soy pacifista, tengo un carácter afable, nunca en la vida, ni siquiera de pequeño, le he alzado la mano a nadie. Justamente por eso podía ver el juicio desde la barrera, como un mero espectador. Como algo totalmente ajeno.

Alza la cabeza, mira a Mari. Busca las palabras.

–Sin embargo, en el Palacio de Justicia, conforme iba escuchando los testimonios de los testigos, las exposiciones del fiscal, los alegatos de los abogados defensores y las declaraciones de los acusados, iba perdiendo la confianza en mí mismo. Y empecé a pensar de la siguiente forma. Que es posible que no exista un muro que separe ambos mundos. Y que, en caso de que exista, quizá sólo sea un endeble tabique de cartón. Y que, en el instante en que te apoyes casualmente en él, puede que se hunda y te caigas al otro lado. O quizás es que *el otro lado* ya se ha introducido a hurtadillas en nuestro interior, aunque nosotros no seamos conscientes de ello. Ésta es la sensación que empecé a tener. Aunque resulta muy difícil traducirla en palabras.

Takahashi pasa la yema del dedo por el borde de la taza de café.

—Y en cuanto empecé a pensar de esa forma, hubo muchas cosas que se me aparecieron bajo un prisma diferente. Vi el sistema judicial, en sí mismo, como un ser vivo especial, extraño.

—¿Un ser vivo especial?

—Sí. Un pulpo, por ejemplo. Un pulpo gigantesco que habita en las profundidades marinas. Tiene una vitalidad extraordinaria, avanza por el fondo negro del océano haciendo serpentear un montón de largos tentáculos. Mientras asistía a los juicios, no pude evitar imaginármelo de esa forma. Y ese ser vivo adopta diversas formas, ¿sabes? A veces adopta la forma del Estado; otras, la de las leyes. También puede adoptar formas más retorcidas, más complejas. Y aunque le cortes una y otra vez los tentáculos, vuelven a crecer, siempre. Nadie puede acabar con él. Es demasiado fuerte, vive en una sima demasiado profunda. Ni siquiera sabemos dónde tiene el corazón. Yo, en aquellos momentos, sentí terror. Y me desesperaba pensar que, por muy lejos que intentara escapar, sería incapaz de huir de él. Aquel ser no piensa que yo soy yo y que tú eres tú. Ante él, todos perdemos nuestro nombre, todos dejamos de tener un rostro. Todos nos convertimos en un signo. En un simple número.

Mari no aparta los ojos de él.

Takahashi toma un sorbo de café.

—¿No te parece un poco deprimente todo esto?

120

–Te estoy escuchando –responde Mari.

Takahashi devuelve la taza al platito.

–Hace dos años hubo un caso de asesinato e incendio en Tachikawa. Un hombre mató a un matrimonio anciano con un hacha, les robó la cartilla de ahorros y el sello, y prendió fuego a la casa para destruir las pruebas. Aquella noche hacía mucho viento y ardieron cuatro casas. Lo condenaron a muerte. Una pena normal en los anales judiciales de Japón. Casi todos los casos de doble asesinato acaban en pena de muerte. En la horca. Además, estaba lo del incendio provocado. Aquel hombre era un caso perdido. Era un sujeto muy violento, ya había estado antes en la cárcel varias veces. Su propia familia renegaba de él, era drogadicto y, cada vez que lo habían soltado, había vuelto a reincidir. Tampoco mostraba el menor arrepentimiento. Aunque hubiera presentado una apelación, no cabía la menor duda de que se la habrían denegado. Incluso su abogado defensor, un abogado de oficio, sabía desde el principio que no tenía ninguna posibilidad. De manera que a nadie le sorprendió que lo condenaran a muerte. A mí tampoco. Mientras el presidente del tribunal leía la sentencia y yo tomaba notas, pensaba que eso era lo más lógico. Al acabar el juicio tomé el metro en la estación de Kasumigaseki y me fui a casa, pero en el preciso instante en que me senté a la mesa y empecé a pasar a limpio mis notas, sentí una terrible desesperación. Era, ¿cómo te diría?, parecía que se hubiera producido una bajada de tensión en la energía eléctrica de todo el mundo. Todo se volvió un punto más oscuro, un punto más frío. Yo empecé a temblar, no pude evitarlo. Se me cayeron algunas lágrimas. Pero ¿por qué? No consigo explicármelo. ¿Por qué me había afectado tanto que condenaran a aquel hombre a muerte? Aquel tipo era un caso perdido, no tenía salvación. Entre él y yo no había ningún punto en común, no nos unía lazo alguno. ¿Por qué me había conmovido hasta tal extremo?

Esta duda permanece como duda durante unos treinta segundos. Mari espera a que él prosiga.

Takahashi continúa hablando:

–Lo que quiero decir es esto. Que un ser humano, fuera el tipo de persona que fuese, había sido atrapado por los tentáculos del gigantesco pulpo e iba a ser engullido por las tinieblas. Y eso, bajo cualquier circunstancia, es una escena insoportable.

Él contempla el vacío sobre la mesa, exhala un profundo suspiro.

–Total que, a partir de aquel día, empecé a pensar así. Que quería estudiar derecho en serio. Porque quizás ahí encontraría lo que estaba buscando. Estudiar derecho no es tan divertido como tocar música, pero ¡qué le vamos a hacer! La vida es así. Y crecer es eso.

Silencio.

–¿Ésta es tu explicación talla mediana? –pregunta Mari.

Takahashi asiente.

–Tal vez haya sido un poco larga. Pero es la primera vez que se lo cuento a alguien y me ha costado calibrar bien la medida... Dime, si no vas a comerte estos sándwiches, ¿te importa que coja uno?

–Los que quedan son todos de atún.

–¡Qué bien! El atún me encanta. Y a ti, ¿no te gusta?

–Sí. Pero al comer atún, el cuerpo va acumulando mercurio.

–¡No me digas!

–Y si acumulas mercurio, pasados los cuarenta años eres más propenso a los ataques cardiacos. Además, se te puede caer el pelo.

Takahashi pone cara sombría.

–O sea, que ni pollo ni atún.

Mari asiente.

–Pues justamente son dos de las cosas que más me gustan –dice él.

–Mala suerte –dice Mari.

–También me encanta la ensalada de patata. ¿Le ves también a la ensalada de patata algún problema grave?

–No. No creo que la ensalada de patata tenga nada –contesta Mari–. Aparte de que, si comes mucha, engordas.

–A mí no me importaría engordar. Siempre he sido demasiado flaco.

Takahashi echa mano de un sándwich de atún y lo devora con apetito.

–Entonces, hasta que apruebes las oposiciones, ¿seguirás viviendo como un estudiante? –pregunta Mari.

–Pues, sí. Voy a trabajar aquí y allá y, a partir de ahora, viviré con lo poco que gane.

Mari está pensando en algo.

–¿Has visto *Love Story*? Es una película antigua –pregunta Takahashi.

Mari niega con la cabeza.

–La pasaron el otro día por la tele –dice Takahashi–. Una película muy interesante. Ryan O'Neal es hijo único, pertenece a una familia rica y distinguida, pero, estando en la universidad, se casa con una chica pobre de origen italiano y entonces su familia lo deshereda. Dejan incluso de pagarle los estudios. Vive sin apenas dinero pero junto a la mujer que ama, estudia con ahínco y logra licenciarse por Harvard con notas sobresalientes, así se convierte en abogado.

Llegado a este punto, Takahashi hace una pausa.

–Lo de ser pobre, cuando se trata de Ryan O'Neal, queda muy elegante. Lleva un grueso jersey de lana de color blanco tejido a mano y le lanza bolas de nieve a Ali MacGraw. Mientras, se oye la música romántica de Francis Lai. Pero si el pobre fuese yo, seguro que no daría el pego. En mi caso, la pobreza sería sólo eso, pobreza. A mí, hasta la nieve se me derretiría en las manos.

Mari continúa pensando en algo.

–O sea, que Ryan O'Neal, después de tantas penalidades, se convierte en abogado. Y, ¿sabes?, a los espectadores apenas nos dan pistas sobre cuál es el trabajo que está haciendo exactamente. Todo lo que sabemos es que está empleado en un importante bufete de abogados, que cobra un sueldazo que haría palidecer de envidia a cualquiera. Y que vive en un apartamento de un rascacielos de Manhattan, con portero, que pertenece a un club de deportes exclusivo para WASP y que, en el tiempo que le queda libre, va a jugar al squash con sus amigos *yuppies*. Sólo eso.

Takahashi bebe agua del vaso.

–¿Y qué pasa después? –pregunta Mari.

Takahashi levanta un poco los ojos e intenta recordar el argumento.

–La película tiene un final feliz. Los dos viven juntos, eternamente, pletóricos de felicidad y salud. Es el triunfo del amor. Al principio fue muy duro, pero al final todo es maravilloso. Ésa es la idea. Van en un Jaguar reluciente, juegan al squash y, en invierno, a veces se tiran bolas de nieve. El padre que lo desheredó, en cambio, sufre diabetes, cirrosis y la enfermedad de Ménière, y muere en la soledad más absoluta.

–No acabo de entender qué tiene de interesante esa película.

Takahashi ladea ligeramente la cabeza.

–Pues, no sé. La verdad es que no la recuerdo bien. Tenía algo que hacer y me perdí el final... Oye, ¿qué te parece si damos un paseo y así nos distraemos un poco? Cerca de aquí, andando, hay un pequeño parque donde se reúnen los gatos. ¿Les llevamos los sándwiches de atún llenos de mercurio? Yo tengo un pastelillo de pescado y ñame. ¿Te gustan los gatos?

Mari hace un pequeño gesto de asentimiento. Mete el libro dentro de la bolsa y se pone en pie.

Los dos van andando por la calle. Ahora no hablan. Mientras camina, Takahashi silba. Una motocicleta Honda negrísima aminora la velocidad al pasar junto a ellos. La conduce el hombre chino que ha ido a recoger a la mujer al Alphaville. El hombre de la cola de caballo. Ahora no lleva el casco y lanza atentas miradas a su alrededor. Sin embargo, entre el hombre y ellos dos no se establece contacto visual. El grave ronroneo del motor se acerca y pasa de largo.

Mari se dirige a Takahashi:

–¿De qué os conocéis Kaoru y tú?

–Estuve haciendo unos trabajillos en el hotel durante casi medio año. En el Alphaville. Fregaba el suelo y cosas así, de poca monta. También me encargaba de la informática. Le instalaba programas, la ayudaba cuando tenía problemas. Le puse la cámara de seguridad. Como allí sólo trabajan mujeres, les va bien, de vez en cuando, que un hombre les eche una mano.

–¿Y cómo empezaste a trabajar allí?

Takahashi duda un poco.

–¿A qué te refieres?

–Empezarías a trabajar allí por algún motivo, supongo –contesta Mari–. Kaoru me insinuó algo al respecto.

126

–Me da un poco de apuro hablar de ello.

Mari permanece en silencio.

–En fin, ¡qué más da! –exclama Takahashi, resignado–. La verdad es que fui al hotel con una chica. Como cliente, quiero decir. Pero al final resultó que no tenía suficiente dinero. La chica tampoco llevaba bastante. Estábamos borrachos, apenas sabíamos lo que hacíamos. Un desastre. Total, que dejé mi carnet de estudiante.

Mari no se inmuta.

–Una historia patética, la verdad –admite Takahashi–. Al día siguiente fui a pagar el dinero que faltaba. Entonces Kaoru me ofreció un té, charlamos un rato y, al final, me preguntó si quería un trabajo de media jornada en el hotel a partir del día siguiente. Casi me obligó a aceptarlo. El sueldo no era muy bueno, pero incluía la comida. El lugar donde ensayamos los de la banda también me lo ofreció ella. Parece muy bruta, pero es una persona muy amable, muy servicial. Todavía voy a verla de vez en cuando. Y si no le funciona el ordenador, me llama.

–¿Y qué pasó con aquella chica?

–¿Con la chica con la que fui al hotel?

Mari asiente.

–Se acabó –contesta Takahashi–. Después de aquello no nos hemos vuelto a ver. Seguro que se enfadó. ¡Menudo chasco! Pero, bueno, tampoco me gustaba demasiado. Seguro que antes o después hubiéramos roto.

–¿Lo haces a menudo, eso de ir a hoteles con chicas que no te gustan demasiado?

–¡Hala! ¡Como si pudiera! Era la primera vez que entraba en un *love hotel*.

Los dos siguen andando.

–Además –dice Takahashi en tono de disculpa–, no fui yo quien lo propuso. Fue ella la que dijo que fuéramos. En serio.

Mari permanece en silencio.

–Pero ¡en fin! También eso es un poco largo de contar. Es que se daban unas circunstancias concretas... –dice Takahashi.

–Eres un chico de historias largas, ¿verdad?

–Por lo visto, sí –reconoce él–. ¿Por qué será?

–Por cierto –dice Mari–, me has contado que no tenías hermanos, ¿verdad?

–Sí. Soy hijo único.

–Pues, si ibas al mismo instituto de Eri, tu familia debe de vivir en Tokio. ¿Por qué no estás con tus padres? Te sería más cómodo, ¿no?

–Eso también tardaría mucho en contártelo.

–¿No tienes una versión abreviada?

–Sí. Una cortísima –dice Takahashi–. ¿La quieres oír?

–Sí –responde Mari.

–Es que mi madre no es mi madre biológica.

–¿Y por eso no te llevas bien con ella?

–No, no es que no me lleve bien con ella. Yo no soy de los que se complican la vida peleándose con los demás. Pero no me apetece sentarme todos los días a la mesa, sonriendo de oreja a oreja, y charlar con ella. Además, a mí, por naturaleza, no me importa estar solo. Y, encima, no se puede decir que la relación con mi padre sea muy cordial.

–Vamos, que no os lleváis bien.

–Es que tenemos caracteres muy distintos, una escala de valores diferente.

–¿A qué se dedica tu padre?

Takahashi, sin responder, sigue andando despacio con la vista clavada en el suelo. También Mari permanece en silencio.

–En realidad, no sé muy bien a qué se dedica –dice Takahashi–. Pero estoy segurísimo de que no es nada de lo que uno pueda vanagloriarse. Además, que conste que no se lo voy contando a todo el mundo, estuvo varios años en la cárcel cuando yo era pequeño. Vamos, que mi padre es lo que suele llamarse un antisocial, un criminal. Ésta es otra de las razones por las que no quiero quedarme en casa. Últimamente han empezado a preocuparme mis genes.

–¿Ésa es la versión *cortísima?* –le dice Mari, atónita, y sonríe.

Takahashi mira a Mari.

–Es la primera vez que sonríes.

10

Eri Asai continúa durmiendo.

Pero el hombre sin rostro, el que antes, muy cerca de Eri, estaba sentado en una silla contemplando con profundo interés cómo dormía, ha desaparecido. Tampoco está la silla. Han desaparecido sin dejar rastro. Sin ellos, la habitación se ve todavía más fría, con menos movimiento que antes. En el centro de la estancia hay una cama y, sobre ella, yace Eri. Como si se hallara en un bote salvavidas flotando en un mar en calma. Nosotros observamos la escena desde este lado, es decir, desde la habitación real de Eri, a través de la pantalla del televisor. Y la cámara, que presumiblemente existe en la estancia del otro lado, capta la figura dormida de Eri, nos la muestra. La posición y el ángulo de la toma van cambiando a intervalos regulares. La cámara se acerca un poco, se aleja de nuevo.

El tiempo transcurre, pero no sucede nada. Ella no se mueve. No hace el menor ruido. Con el rostro vuelto hacia arriba, flota en un mar de pensamientos puros, sin olas ni corrientes que alteren la superficie.

A pesar de ello, nosotros no podemos apartar la vista de la imagen que se nos ofrece. ¿A qué se debe? Desconocemos el motivo. Sin embargo, una especie de intuición nos indica que allí hay *algo*. Que allí hay algo vivo. Algo que oculta su presencia sumergido bajo la superficie del agua. Decididos a detectar esa presencia, nos quedamos observando la pantalla sin aventurar un movimiento, prestando muchísima atención.

... Ahora, sí. Hemos detectado un leve movimiento en las comisuras de los labios de Eri. No, tal vez ni siquiera pueda llamárselo así. Un ligero temblor, casi imperceptible. Quizá se trate de una oscilación de la pantalla. Quizá no sea más que una ilusión óptica. Puede que sólo sea una alucinación producto de nuestra mente, que espera que se produzca algún cambio. Para cerciorarnos, miramos la pantalla con ojos aún más inquisitivos que antes.

Como si respondiera a nuestros deseos, la lente de la cámara se va acercando al objeto. Primer plano de la boca de Eri. Observamos la pantalla conteniendo el aliento. Esperamos con paciencia a que ocurra lo que, de un momento a otro, es previsible que suceda. Se repite el temblor de los labios. Una crispación momentánea de los músculos. Sí, es el mismo movimiento de antes. Sin duda. No se trata de una ilusión óptica. Algo sucede en el cuerpo de Eri.

Nuestra insatisfacción crece por el hecho de estar observando de manera pasiva, desde este lado, la pantalla. Queremos ver, directamente con nuestros propios ojos, el interior de la otra habitación. Queremos estudiar el movimiento casi imperceptible que ha insinuado Eri, unos probables primeros indicios de conciencia. Queremos hacer conjeturas respecto a lo que aquello significa sobre bases más concretas. De modo que decidimos trasladarnos al otro lado de la pantalla.

Una vez resueltos a hacerlo, no es difícil. Basta con separarnos de nuestro cuerpo, dejar atrás la sustancia, convertirnos en un *punto de vista* conceptual desprovisto de masa. De esta forma podremos atravesar cualquier pared. Podremos salvar cualquier abismo. Así que nos convertimos, en efecto, en un punto sin impurezas y cruzamos la pantalla que separa los dos mundos. Nos trasladamos desde este lado al otro. En el momento en que atravesamos la pared y salvamos el abismo, el mundo se deforma muchísimo, se quiebra, se desmorona, desaparece durante unos instantes. Todo se convierte en un polvo fino e inmaculado que se esparce por doquier. Después, el mundo vuelve a reconstruirse. Una nueva esencia nos rodea. Todo ha ocurrido en un abrir y cerrar de ojos.

Y, ahora, nos encontramos en el otro lado. En la habitación que se refleja en la pantalla. Echamos una mirada a nuestro alrededor, estudiamos el lugar. La habitación tiene el olor característico de un cuarto que lleva mucho tiempo sin ventilarse. La ventana está cerrada a cal y canto, el aire no se mueve. Gélido, con un ligero olor a moho. El silencio es tan profundo que casi hace daño en los oídos. Nadie. No hay señales de que allí se oculte algo. Suponiendo que antes existiera ese algo, al parecer se ha esfumado. Ahora sólo estamos nosotros y Eri Asai.

En la cama individual que se encuentra en el centro de la habitación, Eri Asai continúa durmiendo. Reconocemos la cama, reconocemos la colcha. Nos acercamos a la muchacha, contemplamos su rostro dormido. Estudiamos con atención todos los detalles, tomándonos todo el tiempo necesario. Tal como hemos dicho antes, lo único que somos capaces de hacer, como mero punto de vista, es observar. Sólo observar, informar y, si nos es posible, emitir un juicio. No nos está permitido tocarla. No podemos dirigirle la palabra. Ni siquiera podemos insinuarle nuestra presencia.

No tarda en producirse otro movimiento en el rostro de Eri. Un espasmo de los músculos de la mejilla, como si quisiera ahuyentar un pequeño insecto que se hubiera posado sobre su piel. Luego, su párpado derecho muestra un leve y repetido temblor. Se agitan las olas del pensamiento. En algún rincón sombrío de su conciencia una zona minúscula, a la que luego se van sumando otras, empieza a responder, sin palabras, empieza a conectarse con otras, igual que ondas concéntricas cuando se extienden por la superficie del agua. Nosotros presenciamos este proceso. Una unidad va tomando forma. Acto seguido, esa unidad se liga a otra unidad creada en otro lugar, así va formándose el sistema básico de autorreconocimiento. En otras palabras, Eri Asai se acerca, paso a paso, a la recuperación de la conciencia.

El proceso es lento hasta la desesperación, pero irreversible. El sistema, pese a experimentar alguna vacilación esporádica, avanza indefectiblemente hacia delante, minuto a minuto. El espacio de tiempo en blanco, necesario entre una acción y la siguiente, va reduciéndose de manera gradual. Las contracciones de los músculos, que antes se circunscribían al rostro, se han ido extendiendo a la totalidad del cuerpo. En un momento dado, Eri Asai alza un hombro en silencio y saca una mano pequeña y blanca de debajo de la colcha. La mano izquierda. La mano izquierda parece encontrarse en un estadio más avanzado de conciencia que la mano derecha. Dentro de la nueva temporalidad, las puntas de los dedos van descongelándose, abre la mano y los dedos empiezan a moverse con torpeza en busca de algo. Poco después, esos mismos dedos se desplazan por encima de la colcha, como pequeños animales autónomos, se posan en el delgado cuello. Como si estuviera buscando, sin confianza, el sentido de su propio cuerpo.

Al poco rato abre los ojos. Deslumbrada por la luz de los fluorescentes alineados en el techo, los cierra de golpe. Su conciencia parece que se resista a despertar. Que rechace el mundo de la realidad y desee seguir durmiendo indefinidamente, dentro de las mullidas tinieblas cargadas de misterio. Pero, por otra parte, es evidente que sus funciones vitales reclaman la vigilia. Ansían una luz natural nueva. Dentro de Eri estas dos fuerzas se enfrentan, entablan una lucha. Pero la fuerza que desea la vigilia se alza con la victoria. Los ojos se abren de nuevo. Despacio, vacilantes. Los ciega la luz del fluorescente. Su luz es demasiado brillante. Ella alza la mano, se tapa los ojos. Se pone de lado, apoya la mejilla en la almohada.

El tiempo transcurre. Durante tres o cuatro minutos, Eri Asai permanece tendida sobre la cama en la misma postura. Mantiene los ojos cerrados. ¿Habrá vuelto a dormirse? No. Su conciencia está habituándose despacio al mundo de la vigilia. Aquí el tiempo desempeña un papel importante, igual que cuando una persona ha sido transportada a una estancia con una presión atmosférica muy distinta y tiene que ajustar sus funciones vitales a la nueva realidad. Su conciencia reconoce que se han producido unos cambios de los que le resulta imposible escapar y, aun a regañadientes, se dispone a aceptarlos. Eri está un poco mareada. Su estómago se contrae, tiene la sensación de que algo le repta hasta la garganta. Sin embargo, tras respirar hondo unas cuantas veces, logra reponerse. Pero al desaparecer las náuseas, nota una serie de molestias de diversa índole. Entumecimiento de brazos y piernas, ligero silbido en los oídos, dolor muscular. A causa de haber dormido demasiado rato en la misma posición.

Vuelve a transcurrir el tiempo.

Poco después se sienta sobre la cama, dirige una mirada dubitativa a su alrededor. Una amplia estancia. No hay nadie. «¿Dónde estoy? ¿Qué hago aquí?» Echa mano de sus recuerdos. Todos se interrumpen enseguida, como hilos demasiado cortos. Lo único que sabe es que ha estado durmiendo ahí hasta hace poco. «La prueba es que me encuentro en la cama y que llevo pijama. Porque ésta es mi cama y éste es mi pijama. No me cabe la menor duda. Pero éste *no es mi cuarto*.» Nota el cuerpo entumecido. «Si es cierto que he dormido, he dormido durante mucho tiempo, y de una manera muy profunda. Pero no tengo ni idea de cuánto.» Al intentar pensar en algo, siente agudas punzadas en las sienes.

Salta decidida de la cama. Posa con extremo cuidado los pies desnudos en el suelo. Lleva pijama. Un pijama azul, liso. De tela sedosa. El aire de la habitación es gélido. Agarra la colcha de la cama y se la echa, a modo de capa, por encima del pijama. Intenta andar, pero es incapaz de avanzar en línea recta. Al principio, sus músculos no recuerdan cómo se anda. Pero, con esfuerzo, logra dar un paso y, luego, otro. El suelo plano de linóleo la sopesa de una manera extremadamente práctica y la interroga. «¿Qué haces aquí?», le pregunta con frialdad. Pero ni que decir tiene que ella es incapaz de responder a esa pregunta.

Se acerca a una ventana, se apoya en el marco y mira hacia fuera a través del cristal, aguzando la vista. Sin embargo, fuera no se ve paisaje alguno. Únicamente un espacio incoloro, un concepto abstracto puro. Se frota los ojos con ambas manos, suspira, vuelve a mirar hacia el otro lado de la ventana. En efecto, sólo existe el vacío. Intenta abrir la ventana, pero le resulta imposible. Corre de una ventana a la otra, también intenta abrirla, pero ambas ventanas permanecen firmemente cerradas, como si estuvieran fijadas con clavos. «Quizá me encuentro en un barco», piensa. Por un instante se le cruza esa idea por la mente. Porque percibe cómo un pequeño temblor recorre su cuerpo. «Puede que me encuentre dentro de un gran barco. Y que las ventanas estén cerradas a cal y canto para impedir que el agua penetre en los camarotes.» Aguza el oído intentando percibir el ruido de los motores y del oleaje rompiendo contra los costados de la nave. Lo único que alcanza a oír es el eco ininterrumpido del silencio.

Recorre la amplia estancia muy despacio, palpando las paredes, accionando los interruptores de la luz. Por mucho que lo intente, los fluorescentes del techo no se apagan. No ocurre nada. En la habitación hay dos puertas. Dos puertas contrachapadas, normales y corrientes. Gira el pomo de una de ellas. Da vueltas en el vacío sin resultado alguno. Empuja la puerta, tira de ella, pero ésta no se mueve. Lo mismo le sucede con la otra. Las puertas y ventanas de la habitación emiten señales de rechazo, como si fueran seres vivos autónomos.

Se lanza contra una puerta, la aporrea violentamente con los puños. Espera que alguien la oiga y le abra desde fuera. No obstante, por mucho que golpee con fuerza, el sonido que se oye es sorprendentemente amortiguado. Tanto que a duras penas llega a sus propios oídos. Nadie (suponiendo que fuera hubiese alguien) la oirá. Sólo conseguirá destrozarse las manos. Siente una especie de vértigo. Se han incrementado los temblores que recorren su cuerpo.

Nos damos cuenta de que la habitación se parece mucho a la oficina donde, de madrugada, Shirakawa estaba trabajando. Quizá sea la misma. Sólo que ahora la estancia se ve completamente vacía. La han despojado de los muebles, los aparatos electrónicos y la decoración, no queda nada, sólo los fluorescentes del techo. Todos los objetos han desaparecido, la última persona en salir ha cerrado la puerta y se ha ido. De esta forma, nadie en el mundo se acuerda de la habitación, sumergida en el fondo del océano. El silencio y el olor a moho absorbidos por las cuatro paredes le insinúan a Eri, y también a nosotros, el tiempo transcurrido.

Ella se acurruca en el suelo, se apoya en la pared. Permanece con los ojos cerrados, en silencio, a fin de mitigar el vértigo y los temblores. Poco después abre los ojos y descubre algo en el suelo, cerca de ella. Un lápiz. Con una goma de borrar en una punta y con el nombre Veritech. Un lápiz plateado igual al que utilizaba Shirakawa. La punta roma. Ella recoge el lápiz con la mano, lo contempla largo tiempo. El nombre Veritech no le dice nada. ¿Se llamará así alguna empresa? ¿Será el nombre de algún nuevo producto? Eri no lo sabe. Sacude ligeramente la cabeza. Aparte del lápiz, ningún otro objeto puede ofrecerle información alguna sobre la estancia.

¿Por qué la han dejado sola en un lugar así? Eri no logra entenderlo. Es un lugar que no recuerda haber visto nunca, un lugar que no le sugiere nada. «¿Quién diablos me habrá traído hasta aquí? ¿Y con qué objeto? ¿Estaré muerta, tal vez? ¿Será éste el mundo que hay después de morir?» Se sienta a los pies de la cama y estudia las diferentes posibilidades. No puede creer que esté muerta. Además, éste no puede ser el mundo que hay cuando te mueres. Si el otro mundo consistiera en estar encerrada sola en un cuarto vacío de un edificio de oficinas, ¿dónde estaría la salvación? Entonces, ¿podría ser un sueño? No. Todo es demasiado coherente. Los detalles son demasiado concretos, demasiado vívidos. «Puedo tocar con mis propias manos todas las cosas a mi alrededor.» Se clava con fuerza la punta del lápiz en el dorso de la mano, siente el dolor. Lame la goma de borrar, nota el sabor de la goma.

«Esto es real», concluye Eri. «Una realidad distinta ha reemplazado a la realidad original. Y, proceda de donde proceda esta nueva realidad, sea quien sea la persona que me ha traído hasta aquí, yo estoy completamente sola, me han dejado abandonada, encerrada, dentro de una extraña habitación polvorienta sin vistas ni salida. ¿Me habré vuelto loca? Y, si es así, ¿me habrán enviado a alguna institución? No, no puede ser. Pensando con lógica, ¿quién se lleva consigo su cama cuando ingresa en un hospital? Y, ante todo, ésta no parece la habitación de un hospital. Tampoco parece una cárcel. Ésta es..., sí, no es más que una gran habitación vacía.»

Vuelve a la cama, acaricia con la mano la colcha. Da unos golpecitos a la almohada. Pero es una colcha normal y corriente, es una almohada normal y corriente. No representan ningún símbolo, ningún concepto. Una colcha real, una almohada real. No le ofrecen ninguna pista. Eri se palpa el rostro de un lado al otro con las yemas de los dedos. Se pone las dos manos sobre el pecho por encima del pijama. Comprueba que sigue siendo ella misma. Una hermosa faz, unos pechos bonitos. «Soy un amasijo de carne, ésa es mi fortuna», piensa de manera deshilvanada. Y, de pronto, la abandona la certeza de saber quién es.

El vértigo ha desaparecido, pero los temblores continúan. Tiene la sensación de que, tirando de una esquina, le están quitando el suelo bajo los pies. Su cuerpo ha perdido el peso necesario, siente que va a convertirse en una simple caverna. Una mano misteriosa le está arrebatando hábilmente los órganos, los sentidos, los músculos y la memoria que formaban su persona. En consecuencia, ella ya no será nada, acabará convirtiéndose en un ser útil sólo para permitir el paso de las cosas del exterior. Toda su piel se ve asaltada por un violento sentimiento de soledad. Grita. «¡Noo! No quiero que me transformen en eso.» Pero, aunque cree haber gritado con todas sus fuerzas, de su garganta únicamente ha salido un murmullo ahogado.

«¡Quiero volver a sumirme en un sueño profundo!», suplica. ¡Qué maravilloso sería dormir profundamente y al despertar haber vuelto a la realidad originaria! En estos momentos, ése es el único medio que se le ocurre para huir de la habitación. Vale la pena intentarlo, sin duda. Pero ¿logrará conciliar el sueño de una forma tan sencilla? Acaba de despertar. Y ha dormido demasiado tiempo, demasiado profundamente. Tanto, que se ha dejado olvidada en alguna parte la realidad originaria.

Por unos instantes sostiene el lápiz plateado entre dos dedos, lo hace rodar. Espera, de forma vaga, que su tacto le traiga algún recuerdo. Pero lo único que percibe en la punta de los dedos es una sed inagotable del corazón. Sin pensar, lo deja caer al suelo. Se tiende en la cama. Se acurruca bajo la colcha. Cierra los ojos.

«Nadie sabe que estoy aquí», piensa. «Estoy segura de que *nadie sabe que estoy aquí.*»

Nosotros lo sabemos. Pero nosotros no estamos autorizados a intervenir. Observamos desde arriba la figura de la muchacha tendida en la cama. Nuestra mirada se va retirando gradualmente. Atravesamos el techo, retrocedemos deprisa. Retrocedemos hasta el infinito. A medida que nos alejamos, la figura de Eri va disminuyendo de tamaño, se convierte en un punto y, pronto, se borra. Nosotros incrementamos la velocidad, atravesamos de espaldas la estratosfera. La tierra va empequeñeciéndose y, al final, desaparece. Nuestra mirada retrocede hasta el infinito en el vacío de la nada. Somos incapaces de controlar este movimiento.

En cuanto nos damos cuenta nos hallamos de nuevo en la habitación de Eri. En la cama no hay nadie. Se ve la pantalla del televisor. Sólo refleja la nieve de las interferencias. «¡Shhh!», el molesto ruido de los parásitos. Permanecemos unos instantes contemplando, sin más, la nieve de la pantalla. La habitación se va sumiendo en la oscuridad. La luz se extingue rápidamente. La nieve de las interferencias también se eclipsa. Cae la negra oscuridad.

11

Mari y Takahashi están sentados juntos en un banco del parque. Un pequeño parque de forma alargada que hay en el centro de la ciudad. Construido, para que jueguen los niños, en un rincón de un viejo edificio de la Corporación de la Vivienda. Hay columpios, balancines y una fuente. Está muy bien iluminado con farolas de mercurio. Árboles de negrísimos troncos extienden sus ramas hacia lo alto, hay arbustos. Las hojas caídas de los árboles cubren el suelo por completo y producen un crujido seco bajo los pies de quien las pisa. Poco antes de las cuatro de la madrugada, el parque está desierto. En el cielo se ve una luna blanca de finales de otoño, afilada como una navaja. Mari tiene un gatito blanco sobre las rodillas y le está dando de comer un sándwich de atún que ha traído envuelto en una servilleta de papel. El gatito se lo come relamiéndose. Ella le acaricia cariñosamente el lomo. Unos cuantos gatos contemplan la escena desde una posición un poco alejada.

–Cuando trabajaba en el Alphaville, en mis ratos libres solía venir aquí a traerles comida y a acariciarlos –dice Takahashi–. Es que ahora, como vivo solo, no puedo tener gatos en casa y echo mucho de menos su tacto.

–Cuando vivías con tu familia, ¿tenías uno? –pregunta Mari.

–Sí, a falta de hermanos, tenía un gato. Para compensar.

–¿Y los perros? ¿No te gustan?

–Sí, los perros también me gustan. He tenido un montón. Pero prefiero los gatos. Cuestión de preferencias.

–Yo nunca he tenido ni gatos ni perros –dice Mari–. Mi hermana es alérgica al pelo de los animales y no para de estornudar.

–¿Ah, sí?

–Sí. Desde pequeña ha sido alérgica a un montón de cosas. Al polen de los cedros, a las ambrosías, a la caballa, a las gambas, a la pintura fresca. Etcétera, etcétera.

–¿A la pintura fresca? –pregunta Takahashi con una mueca–. Nunca había oído que alguien fuese alérgico a eso.

–Pues ella lo es. Tiene los síntomas y todo.

–¿Qué síntomas?

–Urticaria. Y le cuesta respirar. Le salen una especie de bultos en los bronquios y tiene que ir corriendo al hospital.

–¿Y eso le ocurre cada vez que pasa por delante de algo recién pintado?

–No, no siempre. A veces.

—Aunque sólo sea de vez en cuando, debe de ser horrible.

Mari acaricia el gato en silencio.

—¿Y tú? —pregunta Takahashi.

—¿Si soy alérgica?

—Sí.

—Pues, no. A nada que yo sepa —dice Mari—. Yo nunca he estado enferma... Ya ves. En casa, mi hermana era la delicada Blancanieves y yo la ruda pastora.

—Con una Blancanieves en la familia basta.

Mari asiente.

—Pero tampoco está tan mal ser la ruda pastora —dice Takahashi—. Así no tienes que preocuparte por la pintura.

Mari clava los ojos en el rostro de Takahashi.

—No es tan simple.

—Claro que no lo es —dice Takahashi—. Eso ya lo sé... Por cierto, ¿tienes frío?

—No. Estoy bien.

Mari corta otro pedacito de sándwich de atún y se lo da al gatito. Debe de estar muy hambriento porque lo devora con ansiedad.

Takahashi duda si sacar un tema a colación o no. Al final, se decide a hablar.

—A decir verdad, un día hablé largo y tendido con tu hermana.

Mari clava los ojos en el rostro de Takahashi.

—¿Cuándo?

—Pues sería en abril de este año. Una tarde me acerqué a Tower Records a buscar algo y, entonces, me topé con Eri Asai. Yo estaba solo y ella también. Charlamos durante un rato de pie y, como nos apetecía seguir la conversación, entramos en una cafetería de por allí. Al principio, charlamos de cosas sin importancia. De las típicas cosas de las que hablan dos antiguos compañeros de instituto que se encuentran por la calle después de mucho tiempo sin verse. De lo que le ha pasado a uno, de lo que ha hecho el otro. Pero luego ella me propuso ir a tomar una copa y empezamos a tocar temas muy personales. Por lo visto, había muchas cosas de las que ella quería hablar.

–¿Temas muy personales?

–Sí.

Mari pone cara de sorpresa.

–¿Por qué hablaría de esas cosas precisamente contigo? No sé, me daba la sensación de que tú y ella no erais grandes amigos.

–Pues claro que no. Imagínate. La primera vez que mantuvimos una conversación propiamente dicha fue hace dos años, cuando fuimos contigo a la piscina del hotel. Ni siquiera estoy seguro de que supiera mi nombre completo.

Mari sigue acariciando en silencio al gatito que tiene sobre las rodillas.

–Pero aquel día –dice Takahashi– ella quería hablar con *alguien*. Lo cierto es que me contó cosas que uno sólo le confiesa a una amiga íntima. Pero quizá tu hermana no tenga ninguna con quien hablar. Y, a lo mejor por eso, a cambio, me eligió a mí. Por casualidad. Como podía haber elegido a otra persona.

–Sí, pero ¿por qué a ti? Por lo que yo sé, ella siempre ha tenido montones de chicos a su alrededor.

–Sí, eso seguro.

–Pese a todo, te eligió a ti. En definitiva, escogió a alguien que se encontró por la calle y con quien no tenía mucho trato para hacer confesiones muy *personales*. ¿Por qué crees que lo hizo?

–Pues... –Takahashi reflexiona un poco sobre ello–. Quizá porque a mí me consideraba inofensivo.

–¿Inofensivo?

–Sí, quizá pensaba que, aunque ella bajara momentáneamente la guardia, yo no representaría ningún peligro para ella.

–No lo entiendo.

–Pues... –balbució Takahashi con embarazo–. Resulta un poco raro, pero a mí, a veces, me toman por gay. Hay hombres que se me acercan por la calle y me hacen proposiciones.

–Pero no lo eres, ¿verdad?

–Yo creo que no... Lo que pasa es que, a mí, la gente tiene la manía de contármelo todo. Siempre ha sido así. Hombres y mujeres, personas que apenas conozco y completos desconocidos. A mí todo el mundo me cuenta su vida. Los secretos más recónditos e inauditos que te puedas imaginar. ¿A qué puede deberse? No será porque yo quiera escucharlos, precisamente.

Mari rumia las palabras que acaba de oír y le dice:

–O sea, que Eri te hizo confidencias.

–Sí. Bueno, no sé si llamarlas confidencias. Cosas *personales*.

–¿Qué tipo de cosas? ¿Por ejemplo?

–Por ejemplo... Pues, cosas de familia.

–¿Cosas de familia?

–Por ejemplo –dice Takahashi.

–¿Incluida yo?

–Pues, sí.

–¿Como qué?

Takahashi piensa un poco de qué manera debería contárselo.

–Pues, por ejemplo, que le gustaría estar más cerca de ti.

–¿Estar más *cerca* de mí?

–Que sentía que tú, conscientemente, te distanciabas de ella. Siempre, a partir de cierta edad.

Mari envuelve cariñosamente al gatito con la palma de la mano.

–Pero, incluso manteniendo una distancia prudencial, una persona puede estar cerca de otra, ¿no crees? –dice Mari.

–Por supuesto –responde Takahashi–. Claro que puede. Pero lo que para una persona puede ser una distancia prudencial, para otra puede ser un abismo. A veces pasa.

Un gato marrón sale de alguna parte y empieza a restregar la cabeza contra los pies de Takahashi. Éste se inclina y lo acaricia. Luego saca el pastelillo de pescado y ñame de su bolsillo, rasga la bolsa de plástico, le da medio pastel al gato. Éste se lo come relamiéndose.

–¿Y ése era el problema *personal* que tenía Eri? –pregunta Mari–. ¿Que sentía que no podía salvar la distancia entre su hermana pequeña y ella?

–Ése era *uno* de sus problemas personales. Pero no el único.

Mari permanece en silencio.

Takahashi prosigue:

–El rato que estuvo hablando conmigo, Eri no paró de tomarse todo tipo de pastillas. Tenía su bolso de Prada repleto de medicamentos y, mientras se bebía un Bloody Mary, iba tomando pastillas, una tras otra, como quien come cacahuetes. Ya sé que todos eran medicamentos legales, pero, aun así, no puede ser bueno tomar tanta cantidad.

–Es que Eri es una fan de los medicamentos. Lo ha sido siempre, pero cada vez está peor.

–Alguien tendría que pararla.

Mari niega con la cabeza.

–Medicamentos, horóscopos y dietas. En eso no hay quien la pare.

–Yo le insinué que debería consultar a un especialista. A un terapeuta o a un psiquiatra. Aunque no parecía que tuviera la menor intención de hacerlo. Vamos, que no se daba cuenta de que algo estaba ocurriendo en su interior. La verdad es que me dejó bastante preocupado. Pensando qué sería de ella.

Mari pone cara hosca.

–Entonces, ¿por qué no la llamaste y se lo preguntaste a ella directamente? Ya que estabas *tan* preocupado por Eri.

Takahashi lanza un pequeño suspiro.

–Con esto volvemos a nuestro primer tema de conversación de esta noche. Si llamo a tu casa y se pone Eri Asai, ¿qué diablos le digo? No tengo ni idea.

–Pero los dos estuvisteis conversando mucho rato y con el corazón en la mano, ¿no? Mientras os tomabais una copa hablasteis de temas muy personales.

–Sí, ya lo sé. Bueno, eso de que habláramos es un decir. De hecho, yo apenas abrí la boca. La que habló fue ella, yo me limité a asentir. Además, si te digo la verdad, me da la sensación de que yo puedo hacer muy poco por ella. Vamos, al menos mientras no tenga con ella una relación más profunda en el plano personal.

–Pero tú no quieres profundizar más...

–Bueno... Es que no creo que pueda –dice Takahashi. Alarga la mano y rasca al gato detrás de las orejas–. Aunque quizá debería decir que no creo que reúna las condiciones necesarias.

–Para que nos entendamos, lo que pasa es que a ti no te interesa Eri hasta ese punto.

–Si lo llevamos a ese terreno, es que creo que soy yo quien no le interesa mucho a tu hermana. Tal como te he contado antes, ella sólo quería a alguien con quien hablar. Para ella, yo no era más que una pared con rostro humano que asentía en el momento adecuado.

–Dejando eso aparte, ¿te interesa mucho Eri? ¿O no te interesa? Si tuvieras que responder «sí» o «no», ¿qué escogerías?

Takahashi se frota las manos con aire dubitativo. Es una cuestión delicada, nada fácil de responder.

–Creo que sí me interesa. Tu hermana tiene brillo propio. Algo muy especial, innato. Por ejemplo, cuando estábamos allí tomando una copa, charlando con confianza, la gente no nos quitaba los ojos de encima. Como preguntándose: «¿Qué hace esa preciosidad con semejante don nadie?».

–Pero...

–¿Pero?

–Fíjate bien –dice Mari–. Yo he preguntado: «¿Te interesa *mucho* Eri?», ¿verdad? Y tú me has respondido: «Creo que sí me interesa». Falta la palabra «mucho». Me da la impresión de que algo se ha perdido por ahí.

–¡Caramba! –exclama Takahashi con admiración–: A ti no se te pasa nada por alto.

Mari espera en silencio a que él prosiga.

Takahashi se pregunta qué debe responder.

–Pero... Sí, tienes razón. Cuando estaba frente a tu hermana, charlando largo y tendido, pues, no sé, fui notando, cada vez más, una sensación muy rara. Al principio no me di cuenta de lo rara que era. Pero, a medida que pasaba el tiempo, la sensación era más fuerte, casi opresiva. ¿Cómo te diría? Parecía que *a mí no se me incluyera en aquella escena*. Ella estaba sentada justo frente a mí, pero, al mismo tiempo, se encontraba a muchos kilómetros de distancia.

Mari continúa sin decir nada, evidentemente. Se mordisquea los labios mientras espera a que él prosiga su relato. Takahashi busca despacio las palabras apropiadas.

–En resumen, que dijera yo lo que dijera, ella no lo percibía. Era como si entre Eri Asai y yo se alzara algo, una especie de estrato, una esponja transparente que fuera absorbiendo la mayor parte de los nutrientes de las palabras que yo pronunciaba conforme éstas lo atravesaban. En realidad, ella no escuchaba lo que le estaba diciendo. Cuanto más hablábamos, más claro lo veía. Entonces, las palabras que pronunciaba ella dejaron de llegarme con claridad. Era una sensación muy extraña.

Al comprender que se han terminado los sándwiches de atún, el gatito se retuerce entre las manos de Mari y salta de sus rodillas al suelo. Luego, se marcha corriendo, dando botes hacia los matorrales, y desaparece. Mari hace una bola con la servilleta en que había envuelto los sándwiches y la guarda dentro de la bolsa. Se sacude las migas de las manos.

Takahashi clava los ojos en el rostro de Mari.

–¿Entiendes a qué me refiero?

–¿Que si lo entiendo? –pregunta Mari. Hace una pausa–. Lo que tú acabas de contarme se parece mucho a lo que yo siempre he sentido con Eri. Al menos durante los últimos años.

–¿Como si tus palabras no acabaran de llegarle bien?

–Sí.

Takahashi arroja el resto del pastelillo de pescado y ñame a otro gato que se le ha acercado. Tras olerlo

154

con gran cautela, el gato, excitado, empieza a devorarlo ávidamente.

–Oye, me gustaría preguntarte una cosa. Si lo hago, ¿me dirás la verdad? –pregunta Mari.

–¿Qué es?

–Aquella chica con la que fuiste al Alphaville, ¿no sería, por casualidad, mi hermana?

Sorprendido, Takahashi levanta la cabeza y mira a Mari. Como si contemplara unas ondas concéntricas extendiéndose por la superficie de un pequeño estanque.

–¿Por qué piensas eso? –dice Takahashi.

–Por nada. He tenido una corazonada. ¿Me equivoco?

–No, no era Eri Asai. Era otra chica.

–¿De verdad?

–De verdad.

–¿Puedo hacerte otra pregunta? –dice Mari.

–Por supuesto.

–Supón que hubieses ido al hotel con mi hermana y te hubieras acostado con ella. Como hipótesis.

–Como hipótesis.

–Como hipótesis. Pues bien, supón que entonces yo te preguntara si habías ido al hotel y te habías acostado con ella. Como hipótesis.

–Es una hipótesis.

–En un caso así, ¿serías sincero y me responderías que sí?

Takahashi reflexiona unos instantes.

–No creo –dice él–. Probablemente te diría que no.

155

–¿Por qué?

–Porque eso pertenece a la vida privada de tu hermana.

–O sea, que es una especie de compromiso de confidencialidad.

–En cierto modo.

–Y, en ese caso, ¿no sería mejor decir: «No puedo responderte a eso»? Así también guardarías la confidencialidad.

–Sí –argumenta Takahashi–, pero es que decir: «No puedo responder a esta pregunta» equivale, a efectos prácticos, a decir que sí. ¿O no? A eso se le llama «negligencia voluntaria».

–O sea, que en cualquier caso la respuesta sería «no», ¿cierto?

–En teoría sí.

–Oye, que a mí me da lo mismo –dice Mari clavando los ojos en los de Takahashi–. A mí no me importaría que te hubieras acostado con Eri. Si era eso lo que ella quería.

–Me parece que lo que quiere Eri Asai no lo sabe ni ella. Pero cambiemos de tema, ¿vale? Porque, tanto en la teoría como en la práctica, la chica con quien fui al Alphaville no era Eri Asai, sino otra.

Mari lanza un pequeño suspiro. Luego hace una pausa.

–No creas. A mí también me hubiera gustado acercarme más a Eri –dice ella–. Antes, sobre todo entre los diez y los quince años, solía pensar en ello a menudo. Que ojalá mi hermana mayor fuese mi mejor amiga. No hace falta que te diga que la admiraba mucho. Eso también contaba, claro. Pero, en aquella época, Eri estaba tan ocupada que su agenda rayaba en lo demencial. Posaba como modelo para revistas de adolescentes, recibía un montón de clases, todo el mundo le cantaba las alabanzas. Y, claro, para mí no tenía tiempo. Vamos, que en la época en que más falta me hacía, ella no pudo responder a mis necesidades.

Takahashi escucha a Mari en silencio.

–Somos hermanas y, desde que nací, siempre hemos vivido bajo el mismo techo, pero en realidad es como si hubiésemos crecido en dos mundos diferentes. La comida, por poner sólo un ejemplo. Nunca hemos comido lo mismo. Porque ella, con sus alergias, tenía que tomar un menú especial, distinto del de los demás.

Se hace un breve silencio.

–No creas que estoy resentida con ella. Es cierto que entonces pensaba que mi madre la mimaba demasiado, pero ahora eso ya ha dejado de importarme. Lo que quiero decir, en definitiva, es que entre nosotras ha habido esta historia, se han dado estas circunstancias. De modo que, aunque ahora me diga que le gustaría que estuviéramos más cerca, yo, sinceramente, no tengo ni idea de cómo conseguirlo. ¿Entiendes a qué me refiero?

–Creo que sí.

Mari no dice nada.

–Mientras hablaba con Eri Asai se me pasó algo

por la cabeza, ¿sabes? –dice Takahashi–. Y era que si ella no sentiría cierto complejo de inferioridad frente a ti. Quizá, desde hacía mucho tiempo.

–¿Complejo de inferioridad? –dice Mari–. ¿Eri *frente a mí*?

–Sí.

–¿Y no será al revés?

–No es al revés.

–¿Y qué te hace pensar una cosa así?

–Bueno, porque tú, la hermana pequeña, siempre has sabido muy bien lo que querías conseguir. Y cuando no querías algo, eras capaz de decir claramente que no. Has sido capaz de ir avanzando, paso a paso, a tu propio ritmo. Pero Eri Asai no ha podido. Para ella, desde pequeña, el hecho de desempeñar el papel que le habían asignado y de satisfacer a todo el mundo ha sido una especie de trabajo. Utilizando tus propias palabras, ella se ha esforzado en ser una maravillosa Blancanieves. Es cierto que todo el mundo la admiraba, pero eso, a veces, también ha debido de ser muy duro para ella. En la época más decisiva de su vida no ha podido afirmar su personalidad. Si la palabra complejo te parece exagerada, tal vez cabría decir que te ha envidiado.

–¿Y eso te lo ha dicho Eri?

–No. Ésa es la conclusión que he sacado yo de lo que ella me dijo, algo que se me acaba de ocurrir en este preciso momento. Pero no creo andar muy equivocado.

–Me parece que exageras –dice Mari–. Es cierto

que en mi vida ha habido, hasta cierto punto, menos ataduras que en la de Eri. Pero ¿cuál ha sido el resultado? Ya lo ves. Soy una persona insignificante, sin apenas fuerza ni capacidad. Me faltan conocimientos y tampoco soy muy inteligente. No soy guapa y no le importo mucho a nadie. No creo que se pueda decir que yo sí he afirmado mi personalidad. Lo único que hago es dar traspiés en un mundo muy pequeño. ¿Qué diablos podría envidiarme Eri?

–Puede que aún estés en fase de preparación. Todavía es pronto para sacar conclusiones. Debes de ser el tipo de persona que madura tarde.

–Aquella chica tiene diecinueve años –dice Mari.

–¿Qué chica?

–La china de la habitación del Alphaville. La chica que fue golpeada por un desconocido, la que se quedó sin ropa, desnuda y sangrando. Es una chica muy bonita. Pero en el mundo en el que vive no existen los periodos de preparación. Allí nadie se pregunta si ella es de las que maduran tarde. ¿No lo ves así?

Takahashi hace ademán de estar de acuerdo.

–En cuanto la he visto –prosigue Mari–, he sentido deseos de que fuésemos amigas. Unos deseos muy fuertes. Si nos hubiésemos encontrado en un mundo distinto, en otras circunstancias, seguro que habríamos sido muy buenas amigas. Y eso yo no lo he sentido casi nunca. Bueno, más que casi nunca, yo diría que *jamás*.

–Ya.

–Pero lo que yo siento no cuenta. Vivimos en

159

mundos demasiado distintos. Y yo no puedo hacer nada. Por más que lo intente.

–Sí, tienes razón.

–Pero, ¿sabes?, aunque apenas nos hayamos visto, aunque casi no hayamos hablado, a mí me da la sensación de que aquella chica, ahora, continúa viviendo en mi interior. De que se ha convertido en una parte de mí. Pero no sabría cómo explicártelo.

–Y tú puedes sentir el dolor que experimenta aquella chica.

–Quizás.

Takahashi medita profundamente sobre ello. Luego dice:

–Escucha, se me ha ocurrido una cosa. Intenta pensar lo siguiente. A ver, que tu hermana está en alguna parte, no sé dónde, en otro Alphaville, y que alguien la está maltratando con una violencia irracional. Y que ella está lanzando alaridos mudos, derramando sangre invisible.

–¿En sentido figurado?

–Tal vez –dice Takahashi.

–¿Es ésa la impresión que te dio cuando hablaste con ella?

–Ella se encuentra sola, perdida entre un montón de problemas, se siente incapaz de seguir adelante y está pidiendo ayuda. Y lo manifiesta torturándose a sí misma. Y esto no es sólo una impresión mía, es algo mucho más preciso.

Mari se levanta del banco, alza los ojos hacia el cielo nocturno. Luego se acerca a los columpios y se sienta en uno. El seco crujido de la hojarasca bajo las suelas de sus zapatillas de deporte amarillas resuena exageradamente alrededor. Mari tira varias veces de la gruesa cuerda del columpio como si quisiera comprobar su resistencia. Takahashi también se levanta del banco, camina sobre las hojas secas, se acerca a Mari y toma asiento a su lado.

–¿Sabes? Eri ahora está dormida –dice Mari, como si le hiciera una confesión–. Profundamente dormida.

–A estas horas, todo el mundo lo está.

–No es lo mismo –dice Mari–. Ella no quiere despertar.

am

La oficina donde trabaja Shirakawa.

Con el torso desnudo, Shirakawa está tendido en el suelo y hace ejercicios abdominales sobre una estera de yoga. La camisa y la corbata cuelgan del respaldo de la silla, las gafas y el reloj de pulsera descansan, alineados, sobre la mesa. Shirakawa está delgado, pero su tórax es ancho, sin grasa superflua. Tiene los músculos duros, bien cincelados. Desnudo, la impresión que da es muy diferente de cuando va vestido. Aspira hondas pero breves bocanadas de aire mientras incorpora la parte superior de su cuerpo y gira el torso a derecha e izquierda. Pequeñas gotas de sudor en el pecho y en los hombros brillan bajo la luz de los fluorescentes. En el reproductor de cedés portátil que hay sobre la mesa suena una cantata de Scarlatti interpretada por Brian Asawa. Podría parecer que su pausado tempo no se aviene con aquel ejercicio brusco, pero él controla sutilmente sus movimientos adecuándolos al compás de la música. Por lo visto, hacer esta serie de ejercicios solitarios sobre el suelo de la oficina mientras escucha música clásica forma parte, una vez terminado el trabajo nocturno, de su rutina diaria antes de volver a casa. Sus movimientos son sistemáticos, seguros.

Cuando acaba de realizar un determinado número de estiramientos y contracciones, enrolla la estera y la guarda en la taquilla. Saca una toallita blanca y un neceser de plástico de un estante y se los lleva al lavabo. Todavía con el torso desnudo, se lava la cara con jabón, se la seca con la toalla y luego enjuga con ésta el sudor del cuerpo. Realiza todo esto con extrema meticulosidad. Mientras tanto, mantiene la puerta del lavabo abierta de par en par de modo que la música de Scarlatti pueda llegar a sus oídos. De vez en cuando tararea al compás esta melodía compuesta en el siglo XVII. Saca un pequeño frasco de desodorante del neceser y se rocía ligeramente bajo los brazos. Aproxima el rostro a las axilas, aspira el olor. Después, abre y cierra repetidas veces la mano derecha, hace una serie de movimientos. Mira si el dorso de la mano está hinchado. La inflamación apenas se nota. Sin embargo, parece dolerle bastante.

Saca un pequeño cepillo del neceser y se peina. La línea del nacimiento del pelo ha retrocedido un poco, pero, como su frente tiene una forma armoniosa, no da la impresión de haber perdido cabello. Se pone las gafas. Se abrocha los botones de la camisa, se anuda la corbata. Camisa gris pálido, corbata azul marino de cachemir. De cara al espejo, se endereza el cuello de la camisa, se arregla el nudo de la corbata.

Shirakawa estudia su rostro en el espejo del lavabo. Se observa a sí mismo con mirada severa, durante un buen rato, sin mover un músculo. Apoya las manos en el lavabo. Contiene la respiración, no parpadea. Su mente abriga la esperanza de que, si permanece en aquella tesitura, aparecerá frente a él una *cosa distinta*. Shirakawa objetiva todos sus sentidos, allana la conciencia, congela momentáneamente la lógica, detiene el paso del tiempo. Eso es lo que intenta hacer. Fundirse, en lo posible, con el telón de fondo. Hacer que todo parezca un bodegón neutro.

Sin embargo, aunque se esfuerce al máximo en sofocar su presencia, esa *cosa distinta* no aparece. La imagen reflejada en el espejo no es más que su imagen auténtica. Aparece reflejada tal cual es. Resignado, Shirakawa respira hondo, se llena los pulmones de aire nuevo, recompone su postura. Relaja los músculos, gira la cabeza en amplios círculos. Después vuelve a introducir todas las cosas que están sobre el lavabo en el neceser de plástico. Hace una bola con la toalla que ha utilizado para enjugarse el sudor, la echa a la papelera. Al salir, apaga la luz del lavabo. La puerta se cierra.

Incluso tras haberse marchado Shirakawa, nuestra mirada permanece inalterada en el lavabo y, a modo de cámara fija, continúa enfocando el espejo oscuro. La imagen de Shirakawa sigue reflejándose en él. Shirakawa –o quizá sería más apropiado decir «su figura»– está mirando hacia este lado desde el interior del espejo. Sin cambiar de expresión, sin moverse. Simplemente mantiene la mirada clavada, fija, hacia este lado. No obstante, poco después, parece resignarse y relaja los músculos, respira hondo, gira la cabeza. Luego se lleva una mano a la cara y se palpa varias veces la mejilla. Como si buscara percibir el tacto de la carne.

Ante la mesa, Shirakawa reflexiona mientras le da vueltas entre los dedos a un lápiz plateado que tiene algo escrito. Es un lápiz igual al que se encontraba en el suelo de la habitación donde se ha despertado Eri. Lleva el nombre Veritech. La punta está roma. Después de juguetear un rato con él, lo deja junto a la bandeja. Sobre ésta hay otros seis lápices iguales, uno junto al otro. Pero éstos tienen la punta muy afilada.

Inicia los preparativos para regresar a su casa. En una cartera de piel de color marrón introduce los documentos que va a llevarse, se pone la americana. Devuelve el neceser a la taquilla, recoge una bolsa grande de plástico que hay en el suelo, junto a la taquilla, y la lleva hasta su mesa. Se sienta en su silla, saca todo el contenido de la bolsa, una cosa tras otra, y lo examina. Es la ropa que le ha arrebatado a la prostituta china en el Alphaville.

Un delgado abrigo de color crema, unos zapatos planos rojos. Con la suela muy gastada y los tacones deformados. Un jersey de color rosa oscuro de cuello redondo aderezado con cuentas, una camisa blanca bordada, una estrecha minifalda de color azul. Medias negras. Bragas de color rosa intenso con un encaje barato, a todas luces sintético. Al ver la ropa, en vez de excitarse, uno siente más bien pena. La blusa y las bragas están manchadas de sangre negruzca. Un reloj barato. Un bolso negro imitación de piel.

Mientras va sacando una tras otra las prendas y las estudia, la expresión de la cara de Shirakawa no cambia en ningún momento y viene a decir: «¿Cómo han llegado estas cosas aquí?». Su rostro refleja extrañeza y cierta dosis de desagrado. Por supuesto, recuerda perfectamente todo lo que ha ocurrido en la habitación del Alphaville. Y, aun suponiendo que lo hubiese olvidado, ahí está el dolor de la mano derecha para recordárselo. Sin embargo, todos estos objetos, a sus ojos, carecen de significado legítimo. Son desechos sin valor. Nada que pueda invadir su vida. Con todo, continúa su examen, carente de emoción, pero minucioso. Prosigue la excavación de unos restos míseros de un pasado reciente.

Abre el cierre del bolso y vuelca todo el contenido sobre la mesa. Un pañuelo de tela, pañuelos de papel, maquillaje compacto, lápiz de labios, perfilador de ojos, otros cosméticos de pequeño tamaño. Pastillas para la garganta. Un frasco pequeño de vaselina, una caja de preservativos. Dos tampones. Un *spray* de gas lacrimógeno para ahuyentar a obsesos sexuales (para Shirakawa ha sido una suerte que no haya tenido tiempo de sacarlo del bolso). Unos pendientes baratos. Tiritas. Una cajita para guardar medicamentos con algunas píldoras dentro. Un monedero

167

de piel marrón. Dentro, los tres billetes de diez mil yenes que él le ha entregado al principio y, además, varios billetes de mil yenes y algunas monedas sueltas. Aparte, una tarjeta telefónica, un bono del metro. Un vale de descuento de la peluquería. No hay nada que pueda ayudarle a descubrir su identidad. Tras vacilar unos instantes, Shirakawa saca el dinero y se lo guarda en el bolsillo de los pantalones. En definitiva, ese dinero se lo ha dado él. Se limita a recuperarlo.

Dentro del bolso hay un pequeño teléfono móvil plegable. Un móvil de prepago. Imposible averiguar a quién pertenece. Está conectado el buzón de voz. Pulsa la tecla para escuchar los mensajes. Hay varios. Todos en chino. La voz del mismo hombre. Habla deprisa, parece que la esté reprendiendo. Los mensajes son breves. Por supuesto, Shirakawa no entiende una sola palabra. Sin embargo, los escucha todos hasta el final y, luego, desconecta el buzón de voz.

Trae, de alguna parte, una bolsa de basura de papel, lo arroja todo revuelto adentro, excepto el móvil, luego aplasta un poco la bolsa, la cierra bien. A continuación, la mete a su vez dentro de una bolsa de plástico y, tras sacar el aire, la ata con fuerza. El teléfono móvil queda aparte, sobre la mesa. Lo coge, se queda observándolo unos instantes, vuelve a dejarlo sobre la mesa. Parece que se esté preguntando qué hacer con él. Quizá pueda serle de utilidad. Pero aún no ha llegado a ninguna conclusión.

Shirakawa apaga el reproductor de cedés, lo mete en el fondo del último cajón del escritorio y lo cierra con llave. Tras limpiarse con sumo cuidado los cristales de las gafas con el pañuelo, alcanza el teléfono de la mesa y llama a una empresa de taxis. Da su nombre y el de la empresa, pide que pasen a recogerlo en diez minutos frente a la salida de servicio. Se pone la gabardina gris pálido que cuelga del perchero, se guarda el teléfono móvil de la mujer en el bolsillo. Agarra la cartera y la bolsa de basura. Se detiene junto a la puerta, barre el interior de la habitación con la mirada y, tras comprobar que todo está en orden, apaga la luz. A pesar de que los fluorescentes del techo están apagados, la habitación no queda totalmente a oscuras. A través de la persiana se filtra la luz de las farolas y de los letreros luminosos y alumbra tenuemente la estancia. Shirakawa cierra la puerta de la oficina y sale al pasillo. Mientras lo recorre, con un duro retumbar de pasos, suelta un largo bostezo. Como queriendo decir que, al fin, ha concluido un día más.

Baja en ascensor. Abre la puerta de servicio, sale afuera, cierra con llave. Al espirar, el aliento se convierte en una nubecilla blanca. Apenas tiene que esperar. Pronto aparece un taxi. El conductor, un hombre de mediana edad, se asoma por la ventanilla y le pregunta si es él el señor Shirakawa. Luego, posa los ojos en la bolsa de basura de plástico que lleva en las manos.

–No se preocupe. No huele. No es basura orgánica –dice Shirakawa–. Además, la voy a tirar cerca de aquí.

–De acuerdo. Entre –dice el taxista. Abre la porte-zuela.

Shirakawa se sube al taxi.

El taxista le pregunta, mirándolo por el retrovisor:

–Disculpe, señor. Creo que no es la primera vez que lo llevo, ¿verdad? Me parece que ya vine a re-cogerlo otro día, a la misma hora, más o menos. Usted vive en..., déjeme pensar... Sí, usted vive en Ekoda, ¿correcto?

–En Tetsugakudô –dice Shirakawa.

–Exacto. En Tetsugakudô. ¿Hoy también se dirige usted allí?

–Pues sí. Para bien o para mal, no tengo otra casa adonde ir.

–Es cómodo volver siempre al mismo lugar –dice el taxista. Arranca–. Pero debe de ser muy pesado, ¿verdad? Trabajar siempre hasta tan tarde.

–Con la recesión económica, lo único que au-menta son las horas extras. No el sueldo.

–A mí me pasa lo mismo. Como la gente no va tanto en taxi, para ganar lo mismo tengo que trabajar más horas. Pero usted no puede quejarse, ¿verdad? Al menos a usted la empresa le paga los desplazamien-tos en taxi.

–Es que, trabajando hasta estas horas, si no me pa-garan el taxi no podría volver a casa –dice Shirakawa con una sonrisa forzada.

De pronto, se acuerda de algo.

–¡Ah! Por poco se me olvida. ¿Podría girar en el próximo cruce a la derecha y parar delante del 7-Eleven? Es que mi mujer me ha pedido que le compre una cosa. No tardaré mucho.

El taxista le contesta, mirándolo por el retrovisor:

–Señor, es que la calle de la derecha es de sentido único y tendría que dar un rodeo. Por el camino encontraremos varias tiendas más abiertas toda la noche. ¿No podría ser otra?

–Es que lo que busco, a lo mejor, sólo lo venden en ésta. Además, me gustaría tirar pronto la basura.

–De acuerdo. A mí me da igual. Se lo preguntaba porque, si damos un rodeo, el taxímetro subirá un poco más.

El conductor gira a la derecha, avanza unos metros, detiene el coche en el lugar indicado, abre la portezuela. Dejando la cartera de piel sobre el asiento del taxi, Shirakawa agarra la bolsa de basura y se baja del vehículo. Frente al 7-Eleven hay un montón de bolsas de basura apiladas. Coloca la suya encima de las demás. La bolsa, entre un montón de bolsas iguales, pierde su singularidad en un instante. Por la mañana pasará el camión de la basura y la recogerá. Como no contiene basura orgánica, no es probable que los cuervos la rasguen. Tras dirigirle una última mirada, Shirakawa entra en la tienda. Dentro no hay ningún cliente. El joven de la caja registradora habla, con entusiasmo, por su teléfono móvil. Está sonando una canción nueva de *Southern All Stars*. Shirakawa va directo hacia el frigorífico de la leche y toma un tetrabrik de Takanashi desnatada. Comprueba la fecha de caducidad. Todo correcto. De paso compra también unos yogures en envase de plástico. Luego, de pronto, se le ocurre la idea y saca del bolsillo el teléfono móvil de la chica china. Echa un vistazo a su alrededor y, tras comprobar que nadie lo mira, lo deposita junto a una caja de queso. El pequeño teléfono plateado encaja de un modo sorprendente. Parece que siempre haya estado allí. Se desprende de las manos de Shirakawa y pasa a formar parte del 7-Eleven.

Shirakawa paga en la caja y vuelve al taxi a paso rápido.

–¿Ha encontrado lo que buscaba? –pregunta el taxista.

–Sí –dice Shirakawa.

–Entonces, directos a Tetsugakudô.

–Me está entrando sueño. Si me duermo, despiérteme cuando lleguemos, por favor –dice Shirakawa–. Mire, encontrará una gasolinera de Showa Shell por el camino. Yo me bajo un poco más adelante.

–De acuerdo. No se preocupe.

Shirakawa deja la bolsa de plástico con la leche y los yogures junto a la cartera, se cruza de brazos, cierra los ojos. Es muy posible que no logre conciliar el sueño. Pero no le apetece seguir charlando con el taxista hasta llegar a su casa. Con los ojos cerrados, intenta pensar en algo que no le altere los nervios. Algo cotidiano, que no tenga un significado profundo. O algo puramente conceptual. Pero no se le ocurre nada. En el vacío, sólo nota el dolor de la mano derecha. Ésta le duele sordamente al compás de los latidos de su corazón, que retumban en sus oídos como el ronco bramido del oleaje. «¡Qué extraño!», piensa él. «¡Con lo lejos que está el mar!»

Un poco más adelante, el taxi donde va Shirakawa se detiene ante un semáforo en rojo. El cruce es grande y el semáforo tarda en cambiar. Al lado del taxi, la motocicleta Honda de color negro conducida por el chino está esperando a que cambie el semáforo. Entre ambos vehículos apenas media un metro de distancia. Pero el hombre de la motocicleta tiene los ojos fijos hacia delante y no ve a Shirakawa. Éste se encuentra hundido en el asiento con los ojos cerrados. Escuchando el imaginario bramido del oleaje de un mar lejano. El semáforo cambia a verde, la motocicleta sigue recto. El taxi arranca con cuidado para no despertar a Shirakawa, gira hacia la derecha y se aleja del barrio.

13

Mari y Takahashi están sentados en los columpios, uno junto al otro, en un parque desierto a altas horas de la madrugada. Takahashi tiene los ojos clavados en el perfil de Mari. En su rostro se lee el desconcierto. Prosigue la conversación de antes.

–¿Que no quiere despertarse, dices?

Mari no responde.

–¿A qué te refieres? –pregunta él.

Mari enmudece y mira hacia el suelo. Vacila. Aún no está preparada para hablar de ello.

–Oye, ¿y qué tal si camináramos un poco? –propone Mari.

–Vale. De acuerdo. Andar es bueno. Anda despacio y bebe mucha agua.

–¿Y eso qué es?

–Ése es el lema de mi vida. Anda despacio y bebe mucha agua.

Mari le clava la mirada. Como lema es un tanto singular. Pero no hace ningún comentario al respecto ni le pregunta nada. Se levanta del columpio, empieza a andar, Takahashi la sigue. Los dos salen del parque, se dirigen a las calles iluminadas.

–¿Vas a volver al Skylark? –pregunta Takahashi. Mari sacude la cabeza.

–Ya estoy harta de leer en un *family restaurant*.

–Sí, ya me lo imagino –dice Takahashi.

–Me gustaría ir de nuevo al Alphaville.

–Te llevo. De todos modos, ensayo cerca de allí.

–Kaoru me ha dicho que vaya cuando quiera. Supongo que no le importará que me acerque –dice Mari.

Takahashi niega con la cabeza.

–Kaoru es muy malhablada, pero es sincera. Si te ha dicho que vayas cuando quieras, puedes presentarte cuando quieras. Puedes fiarte de lo que te dice.

–De acuerdo.

–Además, a estas horas, no tienen nada que hacer. Se alegrará de verte.

–¿Y tú? ¿Sigues ensayando con la banda?

Takahashi mira el reloj de pulsera.

–Probablemente ésta sea la última vez que ensaye toda la noche. Así que voy a aprovechar y a dar caña hasta el final.

Ambos vuelven al centro del barrio. A aquellas horas apenas se ve a un solo transeúnte. A las cuatro de la madrugada es cuando más tranquila está la ciudad. Sobre el pavimento hay esparcidas infinidad de cosas. Latas de cerveza, ediciones vespertinas del periódico pisoteadas, cajas de cartón aplastadas, botellas de plástico, colillas. Un trozo de un faro piloto de un coche. Un guante de trabajo. Algunos vales de descuento. También se ven restos de vómitos. Un gato grande y sucio olfatea con avidez las bolsas de basura. Quiere asegurarse su parte antes de que las ratas lo revuelvan todo, antes de que los feroces cuervos aparezcan al amanecer en busca de comida. Más de la mitad de los neones están apagados y las luces de las tiendas abiertas toda la noche resaltan en la oscuridad. Hay montones de prospectos de propaganda sujetos de cualquier manera bajo los limpiaparabrisas de los coches aparcados. Se oye sin cesar el rugido de los grandes camiones que circulan por la cercana carretera troncal. Ahora que está vacía es el momento idóneo para cubrir largas distancias. Mari se ha encasquetado la gorra de los Red Sox. Lleva las manos embutidas en los bolsillos de la cazadora. Al andar hombro con hombro, se ve que la diferencia de altura entre ambos es considerable.

–¿Por qué llevas la gorra de los Red Sox? –pregunta Takahashi.

–Me la regalaron –dice Mari.

–¿O sea, que no eres seguidora de los Red Sox?

–Yo no sé nada de béisbol.

–A mí tampoco me interesa demasiado. Prefiero el fútbol –dice Takahashi–. Por cierto, aquello de tu hermana...

–Sí.

–No lo entiendo. ¿Qué querías decir con eso de que no va a volver a despertarse? –pregunta Takahashi.

Mari alza la mirada hacia él.

–Lo siento, pero no me apetece hablar de ello, así, de esta forma, andando. Es que es un tema un poco delicado, ¿sabes?

–Ya. Claro.

–Hablemos de otra cosa.

–¿De qué?

–De cualquier cosa. Háblame de ti –dice Mari.

–¿De mí?

–Sí. Cuéntame cosas tuyas.

Takahashi reflexiona unos instantes.

–Es que no se me ocurre nada alegre.

–Es igual. No importa que sea triste.

–Mi madre murió cuando yo tenía siete años –dice él–. De un cáncer de mama. Se lo detectaron tarde, pasaron sólo tres meses entre que se lo diagnosticaron y murió. Todo sucedió en un abrir y cerrar de ojos. El avance de la enfermedad fue muy rápido y no llegaron a tiempo para aplicar un tratamiento eficaz. Mientras tanto, mi padre estaba en la cárcel. Pero eso ya te lo he contado antes.

Mari alza la mirada hacia Takahashi.

–¿O sea que cuando tú tenías siete años tu madre murió de cáncer de mama y, mientras tanto, tu padre estaba en la cárcel?

–Sí –responde Takahashi.

–¿Es decir, que te quedaste solo?

–Exacto. A mi padre lo habían detenido y condenado a dos años de cárcel por estafa. Un asunto relacionado con una venta piramidal, creo. O algo por el estilo. No obtuvo la suspensión del cumplimiento de condena porque se trataba de una gran cantidad de dinero y porque ya tenía antecedentes penales. Por lo visto, de joven había pertenecido a una organización estudiantil y lo acusaron de recaudar fondos para esa organización. La verdad es que él no tuvo nada que ver con ello. Recuerdo que mi madre me llevó a verlo a la cárcel. Era un lugar muy frío. Y, medio año después de que metieran a mi padre en la cárcel, a mi madre le diagnosticaron el cáncer de mama y tuvieron que ingresarla enseguida. Vamos, que me quedé temporalmente huérfano. Mi padre en la cárcel, mi madre en el hospital.

–Y, mientras tanto, ¿quién cuidó de ti?

–De eso me enteré luego, pero, por lo visto, tanto los gastos del hospital como los de mi manutención corrieron a cargo de mi familia paterna. Mi padre se llevaba muy mal con ellos y habían dejado de verse, pero, claro, no iban a permitir que se muriera de hambre un niño de siete años. Así que mi tía, aunque a regañadientes, venía a casa cada dos días. Los vecinos, por turno, también me cuidaban. Me lavaban la ropa, me hacían la compra, me mandaban comida ya cocinada. Vivíamos en la parte antigua de la ciudad y eso, para mí, fue una bendición. Los vecinos de aquella zona aún tienen conciencia de barrio. Pero me da la impresión de que la mayor parte de las cosas me las hacía yo mismo. Cocinaba cosas sencillas, me preparaba para ir a la escuela... Aunque la verdad es que no recuerdo bien aquella época. Es como si le hubiera sucedido a otra persona, muy lejos.

–¿Cuándo volvió tu padre?

–Unos tres meses después de que muriera mi madre. Dadas las circunstancias, le concedieron la libertad condicional. Ya sé que eso es lo más normal del mundo, pero a mí me alegró mucho que mi padre volviera a casa. Ya no era huérfano. En primer lugar, él era un adulto, grande y poderoso. Y yo ya podía estar tranquilo. El día que regresó, mi padre llevaba un viejo traje de tweed y yo, todavía ahora, recuerdo el tacto de la tela y el olor a tabaco. –Takahashi saca las manos de los bolsillos y se rasca la nuca–. Pero, aunque hubiese vuelto mi padre, yo, en mi fuero interno, no me sentía seguro. No sabría decirte, para mí las cosas no acababan de cuadrar. Me quedé con la eterna sensación de que me estaban engañando. Era como si mi padre auténtico se hubiera ido muy lejos y, para llenar el vacío, me hubiesen enviado a otro hombre con la forma de mi padre. No sé, algo por el estilo. ¿Me entiendes?

–Más o menos –responde Mari.

Takahashi enmudece, hace una pausa. Luego prosigue:

–Quiero decir que yo, entonces, lo veía así. *Fuera lo que fuese lo que hubiese ocurrido, mi padre no tendría que haberme dejado solo.* No debería haberme dejado huérfano en el mundo. No tendría que haber ido, bajo ningún concepto, a la cárcel. Por supuesto, en aquella época, yo no sabía con exactitud qué era la cárcel.

180

Sólo tenía siete años. Pero me la imaginaba como un enorme armario empotrado. Oscuro, temible y aciago. Mi padre jamás debería haber ido a un lugar así. –Takahashi interrumpe su relato–. ¿Tu padre ha estado alguna vez en la cárcel?

Mari niega con la cabeza.

–Yo diría que no.

–¿Y tu madre?

–Tampoco.

–Tienes suerte. Eres muy afortunada de que la cárcel no haya entrado en tu vida –dice Takahashi. Sonríe–. Aunque seguro que tú no te das cuenta.

–Es que nunca me lo había planteado.

–La gente normal no suele pensar en ello. Pero yo sí.

Mari le dirige una mirada rápida.

–¿Y luego? ¿Ha vuelto a estar en la cárcel?

–Mi padre, desde entonces, no ha tenido problemas con la justicia. Bueno, quizá los haya tenido. Mejor dicho, seguro que ha sido así. Es un hombre incapaz de andar por el buen camino. Pero no se ha metido en nada lo suficientemente grave como para que lo encarcelen. La experiencia seguro que lo escarmentó. También es posible que sintiera, a su modo, una especie de responsabilidad personal hacia mi madre muerta y hacia mí. El caso es que se convirtió en un honrado hombre de negocios. Aunque lo cierto es que siempre se ha mantenido en la zona gris. No parábamos de tener altibajos y, en casa, unas veces éramos ricos y, otras, pobres como las ratas. Era igual que estar subido siempre en una montaña rusa. Un día íbamos en Mercedes Benz con chófer y, al día siguiente, ni siquiera podíamos comprar una bicicleta. Incluso nos llegamos a largar de casa en mitad de la noche, a escondidas. Nunca permanecíamos mucho tiempo en un mismo lugar y yo cambiaba de escuela cada medio año. ¡Ya me dirás cómo iba a hacer amigos! Así vivimos hasta la época en que empecé secundaria.

Takahashi vuelve a embutirse las manos en los bolsillos de la chaqueta, sacude la cabeza, ahuyenta los pensamientos oscuros.

—Pero ahora se ha asentado bastante. Ante todo, pertenece a la generación del *baby-boom*,* ¿sabes? Es un tipo muy tenaz. Es de la misma generación de Mick Jagger, que, ya ves, recibe el tratamiento de Sir. Saben detenerse a tiempo al borde del abismo. No reflexionan mirando hacia atrás, pero aprenden la lección. No sé muy bien en qué estará trabajando mi padre ahora. Ni yo se lo he preguntado ni él me lo ha dicho. En todo caso, los gastos de mis estudios me los costea religiosamente. Y, cuando está de humor, me da la paga de un tiempo acumulada. En este mundo, hay veces en que es mejor no saber las cosas.

—¿Se ha vuelto a casar?

—Se casó cuatro años después de que muriera mi madre. No es el tipo de hombre capaz de criar solo a su hijo.

* Se refiere a la generación que nació en Japón inmediatamente después de la segunda guerra mundial. *(N. de la T.)*

182

–¿Y no ha tenido hijos con su segunda esposa?

–No. Sólo me tiene a mí. Ésa es una de las razones por las cuales su segunda esposa me crió como si fuera su verdadero hijo. Le estoy muy agradecido, la verdad. Ya sé que el problema está en mí.

–¿Qué problema?

Takahashi esboza una sonrisa y mira a Mari.

–Pues que, una vez te conviertes en huérfano, ya eres huérfano hasta la muerte. Sueño muchas veces lo mismo, ¿sabes? Tengo siete años y vuelvo a ser huérfano. Estoy completamente solo, sin ningún adulto en quien pueda confiar. Es el atardecer y va oscureciendo poco a poco. La noche se acerca. Sueño lo mismo una y otra vez. Y en el sueño yo siempre vuelvo a los siete años. Ya ves, a la que se te contamina el *software*, ya no puedes cambiarlo.

Mari permanece en silencio.

–Claro que intento pensar en ello lo menos posible –dice Takahashi–. Total, por más vueltas que le des, no consigues nada. Lo único que puedes hacer es ir viviendo tu vida, ir pasando de hoy a mañana.

–Basta con andar mucho y beber agua despacio.

–No –corrige él–. Es «anda *despacio* y bebe *mucha* agua».

–Pues a mí me da la impresión de que viene a ser lo mismo.

Takahashi reflexiona seriamente sobre ello.

–Quizá sí. Es posible.

No añaden nada más. Continúan andando en silencio. Suben las escaleras exhalando nubes de aliento blanco, llegan frente a la puerta del Alphaville. Mari está contenta de volver a ver el llamativo neón de color violeta.

Takahashi se detiene ante la puerta y, con una expresión desacostumbradamente seria en él, clava los ojos en los de Mari.

–Tengo que confesarte algo.

–¿Qué?

–Estoy pensando lo mismo que tú –dice él–. Pero hoy no puede ser. Porque hoy no llevo los calzoncillos limpios.

Mari sacude la cabeza, atónita.

–Déjalo correr, ¿vale? Me voy a hartar de bromas tontas.

Takahashi se ríe.

–A las seis pasaré a buscarte. Si te apetece, podemos desayunar juntos. Por aquí cerca hay un café donde sirven una tortilla fantástica. Calentita y esponjosa... Realmente fantástica. Claro que, ¿presenta la tortilla, como alimento, algún problema? Ingeniería genética o maltrato sistemático a los animales o algo políticamente incorrecto...

Mari reflexiona unos instantes.

–Sobre cuestiones de corrección política no puedo hablar, pero, si los pollos y las gallinas tienen problemas, es evidente que también los tendrán los huevos.

–¡Vaya! –dice Takahashi frunciendo el entrecejo–. A toda la comida que me gusta le pasa algo.

–A mí también me gusta la tortilla.

184

–Bueno, en ese caso, podemos buscar un punto de encuentro –dice Takahashi–. Y, en serio, esa tortilla está buenísima.

Se despide agitando la mano y se encamina hacia el local de ensayo. Mari se encasqueta bien la gorra y entra en el vestíbulo del Alphaville.

14

La habitación de Eri Asai.

El televisor está encendido. Eri, en pijama, mira hacia aquí desde el otro lado de la pantalla. El pelo del flequillo le cae sobre la frente y ella se lo aparta de los ojos con un movimiento de cabeza. Mantiene ambas manos apoyadas contra la parte interna del cristal de la pantalla y habla hacia este lado. Es como si, extraviada, hubiese ido a parar dentro de una enorme pecera vacía y ahora estuviese contándonos sus cuitas con objetividad a través del grueso cristal. Pero su voz no llega a nuestros oídos. Su voz no hace vibrar el aire de este lado.

Es evidente que Eri aún tiene los sentidos embotados. Sus brazos y piernas carecen de fuerza. Posiblemente se deba a que ha estado durmiendo durante demasiado tiempo, con un sueño demasiado profundo. No obstante, ella se esfuerza en descifrar, aunque sólo sea un poco, la enigmática situación en la que se encuentra.

A pesar de la confusión y el desconcierto, Eri intenta descubrir por todos los medios la lógica y los criterios sobre los que se asienta el otro lado y comprenderlos. Su estado de ánimo se nos transmite a través del cristal.

No está gritando. Tampoco protesta con vehemencia. Parece encontrarse exhausta tras haber gritado, tras haber protestado. Por lo visto, ella misma es consciente de que, por más que se esfuerce, su voz no llegará jamás a este lado.

Lo que Eri intenta hacer, en estos momentos, es traducir en las palabras más apropiadas y comprensibles que sea capaz de encontrar lo que sus ojos están captando allá, lo que allá están percibiendo sus sentidos. Y esas palabras son emitidas de tal forma que la mitad va a sus propios oídos y la otra mitad a los nuestros. No es tarea fácil, por supuesto. Sus labios sólo pueden moverse de una manera lenta e intermitente. Las frases son cortas, igual que cuando se habla en una lengua extranjera, y entre ellas se producen unos vacíos que carecen de uniformidad. Esos vacíos amplían y diluyen el significado que debería de existir allá. Nosotros, a este lado, aguzamos la vista al máximo, pero ni siquiera logramos distinguir las palabras que articulan los labios de Eri Asai de los silencios que articulan los labios de Eri Asai. La realidad se escurre a través de sus diez finos dedos como si fuera el polvillo de un reloj de arena. Allá, el tiempo no es su aliado.

Poco después, Eri se cansa de hablar hacia fuera y enmudece, resignada. Un silencio nuevo se suma al silencio que ya existía allá. Después, Eri empieza a dar golpecitos con los puños en el cristal, desde el interior. Lo prueba todo. Pero tampoco ese sonido nos llega a este lado.

Al parecer, Eri puede ver la escena de este lado a través del cristal del televisor. Podemos deducirlo por el movimiento de sus ojos. Da la impresión de que va posando la mirada en todos los objetos que hay en su habitación, uno tras otro. En la mesa, en la cama, en la estantería. Éste es su espacio y ella, en origen, pertenecía a este lugar. Estaba durmiendo plácidamente en esta cama. Sin embargo, ahora es incapaz de cruzar el cristal transparente y de regresar a este lado. Sea por efecto de algún fenómeno, o de resultas del propósito de alguien, ella, mientras dormía, ha sido transportada a la habitación del otro lado y allí la han confinado. Los tintes de la soledad tiñen sus dos pupilas como si fuesen unos nubarrones grises que se reflejaran en la plácida superficie de un lago.

Por desgracia (es preciso que lo digamos) nada podemos hacer por ella. Ya lo hemos mencionado antes, pero nosotros no somos más que una mirada. No podemos, bajo ningún concepto, inmiscuirnos.

Sin embargo, nos preguntamos nosotros, ¿quién diablos era el hombre sin rostro? ¿Qué le habrá hecho a Eri Asai? Y ¿adónde habrá ido?

En vez de darnos una respuesta, la pantalla del televisor empieza de pronto a perder claridad. Las ondas electromagnéticas se alteran. La silueta de Eri Asai empieza a desdibujarse, a temblar ligeramente. Ella se da cuenta de que algo anormal le está sucediendo a su cuerpo, se vuelve, mira a su alrededor. Alza la vista al techo, la baja hacia el suelo, después contempla sus manos temblorosas. Observa cómo sus contornos van perdiendo nitidez. A su rostro aflora una expresión de inquietud. ¿Qué diablos está ocurriendo? «¡Shhh!» Los molestos parásitos se intensifican. En lo alto de una lejana colina empieza a soplar de nuevo un fuerte viento. El punto de contacto del circuito que une los dos mundos experimenta violentas sacudidas. En consecuencia, también vacilan los contornos de su existencia. El sentido de la sustancia se va erosionando.

–¡Huye! –le gritamos.

Sin pensarlo, hemos olvidado la norma que nos obliga a mantener la neutralidad. Aunque nuestra voz, por supuesto, no le llega. Pero Eri presiente el peligro y se dispone a huir. Se dirige a algún sitio con paso rápido. Probablemente hacia la puerta. Su figura sale de nuestro campo visual. La imagen de la pantalla va perdiendo, de forma acelerada, la claridad original, se distorsiona, se deforma. La luz del tubo de rayos catódicos va debilitándose gradualmente. Queda reducida a un cuadrado con la forma de una ventana pequeña y, al final, desaparece por completo. Toda la información se convierte en nada, el lugar es evacuado, el sentido, demolido; aquel mundo se aleja y, atrás, sólo queda un silencio carente de sensibilidad.

Un reloj distinto en un lugar distinto. Un reloj eléctrico redondo que cuelga en la pared. Las agujas marcan las 4:31. Es la cocina de la casa de Shirakawa. Con el botón superior de la camisa desabrochado y el nudo de la corbata flojo, Shirakawa se halla sentado a la mesa, solo, comiéndose un yogur natural a cucharaditas. Se lo toma directamente del envase de plástico, sin plato.

Está viendo la pequeña televisión instalada en la cocina. Junto al envase de yogur hay un mando a distancia. En la pantalla aparece el fondo del mar. Algunos seres vivos de extrañas formas que pueblan las profundidades marinas. Unos deformes, otros hermosos. Unos depredadores, otros inofensivos. Un pequeño submarino de investigación equipado con aparatos de alta tecnología. Potentes reflectores, precisas tenazas de control remoto. Es un documental sobre la naturaleza titulado *Criaturas de las profundidades marinas*. No hay sonido. Shirakawa va siguiendo las imágenes de la pantalla con ojos inexpresivos mientras se lleva a la boca cucharaditas de yogur. Su mente, sin embargo, le va dando vueltas a otras cosas. Reflexiona sobre la correlación entre la lógica y la acción. ¿De la lógica se deriva una determinada acción? ¿O es la lógica, en realidad, el resultado de ésta? Sus ojos persiguen las imágenes de la pantalla, pero, de hecho, está contemplando algo que se encuentra mucho más al fondo. Algo que se halla, seguramente, uno o dos kilómetros más lejos.

Echa una ojeada al reloj de pared. Las agujas mar-

can las 4:33. El segundero se va deslizando, suavemente, por la esfera del reloj. El mundo prosigue su
avance continuo, sin pausas. La lógica y la acción
funcionan de un modo sincrónico, sin fisuras. Al menos por ahora.

15

Criaturas de las profundidades marinas continúa apareciendo en la pantalla. Pero no es el televisor de casa de Shirakawa. Esta pantalla es mucho más grande. Es el televisor del cuarto de invitados del hotel Alphaville. Mari y Kôrogi la miran sin gran interés. Están sentadas cada una en una butaca. Mari lleva las gafas puestas. La cazadora y el bolso bandolera descansan en el suelo. Kôrogi está viendo *Criaturas de las profundidades marinas* con expresión sombría, pero no tarda en perder el interés y empieza a cambiar de canal. De madrugada, no encuentra ningún programa que valga la pena. Apaga resignada el televisor.

Kôrogi dice:

–¿Y qué? Tienes sueño, ¿verdad? ¿Por qué no te acuestas un ratito? Kaoru ya hace rato que está durmiendo ahí atrás como un tronco.

–No tengo tanto sueño –responde Mari.

–¿Ah, no? Entonces, ¿nos tomamos un té calentito?

–No querría molestarte.

–¡Por un té, mujer! ¡Qué va! Tranquila.

Kôrogi coge dos bolsitas de té, agua del termo y prepara té verde para dos.

–¿Hasta qué hora trabajas?

–Formo equipo con Komugi, de las diez de la noche a las diez de la mañana. Cuando se van los clientes de la noche, arreglamos las habitaciones y sanseacabó. Pero también nos permiten echar una cabezadita de vez en cuando.

–¿Hace mucho que trabajas aquí?

–Pronto hará año y medio. Y mira que, en este trabajo, una nunca se queda mucho tiempo en el mismo sitio.

Tras hacer una pausa, Mari pregunta:

–Kôrogi, ¿puedo preguntarte algo personal?

–Sí, mujer. Claro que, a lo mejor, no puedo responderte.

–Oye, que si te molesta...

–¡Que no, mujer! ¡Que no!

–Antes has dicho que no usabas tu verdadero nombre, ¿verdad?

–Sí, eso he dicho.

–¿Y por qué?

Kôrogi saca las bolsitas de té, las tira al cenicero y le tiende una taza a Mari.

–Pues porque, si lo usara, podría tener problemas. Verás, es que me pasaron una serie de cosas y... De acuerdo. Te lo cuento. La verdad es que estoy huyendo. De personas de cierto mundo. –Kôrogi toma un sorbo de té–. Y, bueno, quizá tú no lo sepas, pero cuando estás huyendo en serio un *love-ho* es uno de los mejores sitios donde puedes entrar a trabajar. De camarera en un *ryokan** ganarías mucha más pasta. Vale. Con las propinas. Pero allí te encuentras a la gente. Y debes saludarlos, hablar con ellos. Eso, en el *love-ho*, no pasa. A los clientes ni los ves. Está a oscuras, trabajas a escondidas. Y te dejan una cama para dormir. Además, no te piden ni currículum, ni referencias, ni te vienen con chorradas. Si tú vas y les dices: «Preferiría no dar mi nombre», te sueltan: «Muy bien. Entonces te llamaremos la Grillo».** Y en paz. Es que no encuentran personal, ¿sabes? Por eso, en los *love-ho*, trabaja un montón de gente poco legal.

–¿Y por esa razón no permanecen mucho tiempo trabajando en el mismo sitio?

–Claro. A la que te quedas quieta en un sitio, te pillan. Así que vas pasando de uno a otro. De Hokaido a Okinawa, no hay sitio donde no haya un *love-hotel*. Trabajo no falta, por suerte. Pero yo aquí estoy muy a gusto, ¿sabes? Y Kaoru es muy buena tía, así que me he quedado más tiempo de lo normal.

–¿Hace mucho que huyes?

–Sí. Pronto hará tres años.

–¿Siempre has trabajado en lo mismo?

–Sí. Por aquí y por allá.

–Y supongo que huyes porque tienes miedo, ¿no?

–Pues claro, mujer. Pánico. Pero no voy a contarte nada más. Es que intento no hablar de ello, ¿sabes?

* Hostal tradicional japonés. *(N. de la T.)*
** En japonés, *kórogi*. *(N. de la T.)*

Permanecen en silencio durante unos instantes. Mari bebe té, Kôrogi contempla la pantalla del televisor, donde no se refleja nada.

–¿Y dónde trabajabas antes? –pregunta Mari–. O sea, antes de empezar a huir.

–En una oficina. Al acabar secundaria, entré a trabajar en una gran firma comercial de Osaka. Un curro de nueve de la mañana a cinco de la tarde. Con uniforme. Entonces yo tenía tu edad. Te estoy hablando de la época del terremoto de Kobe. Visto desde ahora, todo aquello parece un sueño. Luego pasaron una serie de cosas. Gilipolleces. Al principio pensaba que aquello no tenía importancia. Hasta que, un buen día, me di cuenta de que estaba metida en un atolladero. De que no podía avanzar ni retroceder. Así que tuve que dejar el trabajo, abandonar a mis padres.

Sin decir nada, Mari clava los ojos en el rostro de Kôrogi.

–Oye, perdona, ¿cómo has dicho que te llamabas? –pregunta Kôrogi.

–Mari.

–¡Ah, sí! Mari. Escucha, Mari, ¿sabes una cosa? El suelo que pisamos parece muy firme, pero, a la que pasa algo, se te derrumba de golpe. Y a la que te hundes, sanseacabó. Ya no hay vuelta atrás. Luego lo único que te queda es ir viviendo sola en el mundo de abajo, entre tinieblas.

Kôrogi reflexiona sobre las palabras que acaba de pronunciar y luego sacude la cabeza en silencio, como si se autocensurara.

196

–Claro que, quizás, aquello pasó porque yo, como ser humano, era débil. Y justamente porque lo era, me dejé arrastrar por los acontecimientos. Llegados a cierto punto, tendría que haberme dado cuenta de todo, abrir los ojos y detenerme, pero no lo hice. No fui capaz. Ya ves que no tengo ningún derecho a ir dándote lecciones.

–¿Y qué te pasaría si te encontraran? Me refiero a los que te están buscando.

–Pues ¡vete a saber! –dice Kôrogi–. No estoy segura. Prefiero no pensar demasiado en ello.

Mari guarda silencio. Kôrogi alcanza el mando a distancia y empieza a toquetear los botones. Pero no enciende la televisión.

–Al acabar el trabajo, cuando me meto en la cama, siempre pienso lo mismo: «¡Ojalá no me despertara jamás! ¡Ojalá me quedara dormida para siempre!». Así no tendría que volver a pensar en nada. Aunque, en realidad, por las noches sueño. Siempre sueño lo mismo. Que me persiguen y que no paro de huir, hasta que al final me encuentran, me atrapan y me llevan a no sé dónde. Luego me meten a empujones dentro de algo parecido a una nevera y cierran la tapa. Y, en este punto, me despierto sobresaltada. Con la ropa chorreando, empapada en sudor. Vamos, que me persiguen de día y me persiguen en sueños. Así no hay quien viva. El único momento en que me tranquilizo un poco es cuando estoy tomándome un té aquí con Kaoru, o con Komugi, y charlamos de tonterías... Pero ¿sabes una cosa, Mari? Tú eres la primera persona a quien se lo cuento. Ni a Kaoru ni a Komugi les he hablado nunca de eso.

–¿Que estás huyendo de algo?

–Sí. Aunque imagino que se huelen algo.

Ambas enmudecen durante unos instantes.

–¿Te crees lo que te estoy contando?

–Pues claro.

–¿En serio?

–Por supuesto.

–No sé, podría ser una trola, ¿no? Con la gente nunca se sabe. Total, es la primera vez que me ves.

–Pero tú no pareces una mentirosa –dice Mari.

–Me alegro de que pienses así –dice Kôrogi–. Mira, quiero enseñarte una cosa.

Kôrogi se sube los faldones de la camisa y le muestra la espalda. A ambos lados de la columna vertebral, a derecha e izquierda, tiene grabado una especie de sello. Tres líneas oblicuas que recuerdan la impronta de la pata de un pájaro. Al parecer, marcadas con un hierro candente. La piel de alrededor está fruncida. Son los vestigios de un dolor atroz. Al verlo, Mari no puede evitar hacer una mueca.

–Esto es sólo una parte de lo que me hicieron –dice Kôrogi–. Me dejaron marcada con su señal. Tengo otras. En lugares que no pueden enseñarse. Y no te estoy mintiendo.

–¡Qué horror!

–¿Sabes? No se lo había enseñado nunca a nadie. Pero quería que me creyeras.

–Te creo.

–Es raro, pero a ti estoy convencida de que podría confesarte cualquier cosa. Lo siento así. Aunque no tengo ni idea de por qué.

Kôrogi se baja los faldones de la camisa. Después suspira profundamente como si quisiera poner un punto y aparte en sus sentimientos.

–Oye, Kôrogi.

–¿Sí?

–Hay algo que tampoco le he contado nunca a nadie. ¿Puedo contártelo a ti?

–Claro. Dime –responde Kôrogi.

–Tengo una hermana. En casa somos dos chicas. Ella es dos años mayor que yo.

–¡Ah!

–Pues bien, hace dos meses mi hermana nos dijo: «Me voy a la cama. Hoy dormiré de un tirón». Lo anunció a toda la familia después de cenar. Nadie le dio importancia. Eran sólo las siete de la tarde, pero mi hermana tiene unos hábitos de sueño poco regulares y nadie se sorprendió. Le dimos las buenas noches y no pensamos más en ello. Casi sin cenar, mi hermana se fue a su habitación y se acostó. Y, desde entonces, duerme sin parar.

–*¿Sin parar?*

–Sí –responde Mari.

Kôrogi frunce el ceño.

–¿Y no se ha despertado ni una sola vez?

–Al parecer, se levanta de vez en cuando –dice Mari–. Parte de la comida que le dejamos sobre la mesa desaparece y, por lo visto, a veces también va al lavabo. De cuando en cuando se ducha y se cambia de ropa. En resumidas cuentas, que se levanta justo lo necesario para cubrir sus necesidades vitales. *En serio,* se levanta justo lo necesario. Pero ni mi familia ni yo la hemos visto nunca despierta. Cuando entramos en su habitación, siempre la encontramos durmiendo en la cama. Y no es que finja estar dormida, no. Está durmiendo de verdad. Tiene la respiración acompasada del sueño, no hace el menor movimiento. Casi parece muerta. Aunque la llames en voz alta o la sacudas, no se despierta.

–Y eso... ¿lo habéis consultado con algún médico?

–De vez en cuando viene a verla el médico de cabecera. Es doctor en medicina general y no puede hacerle pruebas más específicas, pero al menos se asegura de que esté bien desde el punto de vista médico. Por lo visto, la temperatura es normal. Tiene las pulsaciones y la presión arterial más bien bajas, pero no hay nada anómalo. En el aspecto alimenticio, de momento no presenta carencias nutricionales, de modo que no es necesario alimentarla por instilación. Duerme profundamente. Nada más. Es obvio que si estuviera en coma, la situación sería muy distinta, pero como a veces se levanta y hace lo que tiene que hacer, al parecer no precisa de grandes cuidados. También consultamos a un psiquiatra. Según él, no hay ningún precedente, nada parecido. Nos dijo que el hecho de que una persona duerma de esta manera después de anunciar ella misma: «Me voy a la cama.

Hoy dormiré de un tirón», significa que tenía una gran necesidad de sueño y que lo mejor que podemos hacer por ella es dejarla dormir en paz. También nos dijo que para aplicarle una terapia tendría que entrevistarla, y que, para entrevistarla, primero tendría que despertarse. Total, que la dejamos dormir tranquila.

–¿Y no le han hecho pruebas en ningún hospital?

–Mis padres tratan de tomárselo de la mejor manera posible. Quieren pensar que, cuando mi hermana se harte de dormir, un buen día se despertará de pronto y todo volverá a la normalidad. Se aferran a esa esperanza. Pero yo no puedo soportarlo. Mejor dicho, a veces siento que no puedo aguantarlo más. No puedo vivir bajo el mismo techo que una persona que lleva dos meses durmiendo sin parar vete a saber por qué.

–¿Por eso te has marchado de casa y estás vagando por ahí de noche?

–No puedo dormir –responde Mari–. Cuando lo intento, de repente me viene a la cabeza que mi hermana está durmiendo de esa forma en la habitación de al lado. Cuando la cosa empeore, ya no podré permanecer en casa.

–Dos meses... Es mucho tiempo.

Mari asiente en silencio.

–Oye –dice Kôrogi–, no conozco bien el asunto, pero ¿no será que tu hermana tiene un problema muy grave? Algo que no pueda resolver ella sola por sus propios medios. Y que por esa razón le han entrado ganas de meterse en la cama y dormir. Ganas de alejarse del mundo real. Puedo imaginar cómo se siente. Mejor dicho, conozco muy bien esa sensación.

–¿Tienes hermanos, Kôrogi?

–Sí. Dos hermanos pequeños.

–¿Te llevas bien con ellos?

–Antes, sí –responde Kôrogi–. Ahora ya no lo sé. Hace mucho que no los veo.

–Pues, si te soy sincera, a mi hermana yo apenas la conozco –dice Mari–. No sé qué hace, tampoco sé qué piensa, no sé con qué gente va. Ni siquiera sé si tiene preocupaciones o no. Quizá te parezca muy frío lo que te estoy contando, pero, a pesar de haber vivido juntas en la misma casa, ella siempre ha estado ocupada en sus cosas, yo lo he estado en las mías, y nunca hemos hablado con el corazón en la mano. No es que nos llevemos mal. Desde que somos mayores no hemos discutido jamás. Es sólo que, durante mucho tiempo, hemos llevado unas vidas muy distintas.

Mari mira la pantalla del televisor donde no se refleja nada.

Kôrogi pregunta:

–¿Cómo es tu hermana? Si no la conoces en su faceta íntima, háblame al menos de la superficial.

–Es estudiante universitaria. Va a una universidad privada de monjas para niñas ricas. Tiene veintiún años. Se ha especializado en sociología, pero no creo que le interese demasiado el tema. Sólo se ha matriculado en la universidad para quedar bien y va pasando los exámenes como puede. A mí me paga para que le haga los trabajos. Además, trabaja de modelo para las revistas y alguna que otra vez sale por televisión.

–¿En la tele? ¿En qué programa?

–Nada del otro mundo. Antes salía, por ejemplo, en un concurso. Sostenía los regalos y los mostraba sonriendo de oreja a oreja. Cosas de ese tipo. Pero ahora que se ha terminado el programa ya no sale. También ha aparecido en algunos anuncios. De empresas de mudanzas y cosas por el estilo.

–Debe de ser muy guapa, ¿no?

–Todo el mundo lo dice. No nos parecemos en nada.

–A mí me gustaría nacer guapa, aunque sólo fuese una vez –dice Kôrogi lanzando un pequeño suspiro.

Tras vacilar unos instantes, Mari le dice en tono confidencial:

–Es extraño, pero dormida mi hermana está preciosa. Quizá todavía más que despierta. Parece transparente. Incluso a mí, que soy su hermana, cuando la miro me da un vuelco el corazón.

–Es como la Bella Durmiente.

–Sí.

–Pues con un beso se despertará de golpe –dice Kôrogi.

–Si hay suerte –dice Mari.

Ambas enmudecen unos instantes. Kôrogi vuelve a coger el mando a distancia y, sin más, juguetea con él. A lo lejos se oye la sirena de una ambulancia.

–Oye, Mari. ¿Tú crees en la transmigración de las almas?

Mari sacude la cabeza.

–No. Me parece que no.

–Entonces, ¿no crees que exista el más allá?

–Nunca he pensado seriamente en eso. Pero yo diría que no hay ninguna razón para creer en ello.

–¿Y crees que después de la muerte no hay nada?

–Sí. En líneas generales, eso es lo que pienso –dice Mari.

–Pues yo sí creo en la transmigración de las almas. Vamos, mejor dicho, me da pánico pensar que no se produzca. Yo, eso de la nada, no lo entiendo. No lo entiendo y tampoco me lo puedo imaginar.

–La nada significa la inexistencia de las cosas y, por lo tanto, tal vez no haga falta comprenderla o imaginarla.

–¿Y suponiendo que sea un tipo de nada que sea necesario comprender o imaginar bien? Tú no te has muerto nunca, ¿verdad? Y eso, hasta que te mueres en serio, no lo sabes a ciencia cierta.

–No, claro, pero...

–En cuanto pienso en esas cosas, me acojono –dice Kôrogi–. Sólo de pensarlo, siento que me falta el aire, me paralizo de miedo. Y, mira, creer en la transmigración de las almas es más cómodo. Aunque te reencarnes en algo horrible, al menos puedes imaginar qué pinta tendrás. De una forma concreta. Te ves convertida en caballo o en caracol, por ejemplo.

204

Además, si te sale mal el asunto, siempre puedes pensar que tendrás más suerte la próxima vez.

—Pues yo encuentro más natural pensar que, cuando te mueres, no hay nada —dice Mari.

—Eso es porque tú eres una persona psicológicamente fuerte.

—¿Quién? ¿Yo?

Kôrogi asiente.

—A mí me parece que tienes las cosas muy claras.

Mari niega con la cabeza.

—¡Qué va! ¡Pobre de mí! Ni una cosa ni otra. Cuando era pequeña, no tenía la menor confianza en mí misma, era muy tímida. Y en la escuela, por eso, los otros niños se metían siempre conmigo. Era un blanco fácil. ¿Sabes que aún conservo dentro de mí todas aquellas sensaciones? Incluso sueño a menudo con ello.

—Pero, con el paso del tiempo y esforzándote mucho, has conseguido mantenerlos a raya, ¿no? Esos recuerdos odiosos.

—Cada vez más —admite Mari. Y asiente—. Poco a poco. Yo soy de ese tipo de personas. De las que se esfuerzan.

—¿Esas que van siguiendo su camino, solas, currando día a día? Como el herrero del bosque.

—Sí.

—Pues a mí me parece admirable ser capaz de hacer algo así.

—¿De esforzarse?

—*De ser capaz* de esforzarse.

–¿Aunque no ganes nada con ello?

Kôrogi sonríe sin contestar.

Mari reflexiona sobre lo que ha dicho Kôrogi. Y sigue hablando:

–Creo que, poco a poco, invirtiendo mucho tiempo, me he ido creando un mundo propio. Y cuando estoy en él, yo sola, me siento hasta cierto punto tranquila y segura. Pero el hecho de haber tenido que construirme este mundo significa, en sí mismo, que soy una persona débil, frágil, ¿no? Además, desde el punto de vista de la sociedad, mi mundo es algo insignificante. Parece una casa de cartón que un vendaval puede llevarse en un abrir y cerrar de ojos...

–¿Tienes novio? –le pregunta Kôrogi.

Mari hace un pequeño gesto negativo con la cabeza.

–¿Todavía eres virgen? –dice Kôrogi.

Mari se ruboriza y asiente con un pequeño gesto de cabeza.

–Sí.

–Bueno. No tienes por qué avergonzarte de ello.

–Ya.

–¿No te has enamorado nunca? –pregunta Kôrogi.

–He salido con un chico. Pero...

–Has llegado hasta cierto punto, pero no has tenido ganas de llegar hasta el final.

–Sí –asiente Mari–. Sentía curiosidad, por supuesto. Pero no me apetecía demasiado. No sé...

–¿Y qué? Está muy bien. Si no tenías ganas, hiciste

bien en no forzarte a ti misma a hacerlo. Para serte sincera, yo me he acostado con muchos hombres, pero, pensándolo bien, la verdad es que lo hice por miedo. Porque me sentía insegura cuando nadie me abrazaba, porque no me atrevía a decir que no cuando me lo pedían. Sólo eso. Y acostarse con alguien de esa manera no es nada bueno. Vas dejando de encontrarle sentido a la vida. ¿Entiendes a qué me refiero?

—Más o menos.

—Me refiero a que tú, cuando encuentres a alguien que valga la pena, empezarás a sentirte más segura de ti misma. Porque, a la que te andas con medias tintas, fatal. En este mundo hay cosas que sólo puedes hacer sola y cosas que sólo puedes hacer con otra persona. Es importante ir combinando las unas con las otras.

Mari asiente.

Kôrogi se rasca el lóbulo de la oreja con el dedo meñique.

—Para mí, por desgracia, ya es demasiado tarde.

—Oye, Kôrogi —dice Mari con tono serio.

—¿Qué?

—Ojalá consigas escapar.

—A veces siento como si estuviera haciendo carreras con mi propia sombra —dice Kôrogi—. Y que por más que corra e intente huir jamás lograré escapar. Porque, a tu sombra, no puedes dejarla atrás.

—Pero quizá no sea tu sombra —dice Mari. Tras vacilar unos instantes, prosigue—: Es posible que no se trate de tu sombra sino de algo completamente distinto.

Kôrogi permanece unos instantes pensativa, pero, al final, hace un gesto afirmativo.

–Tienes razón. Debo seguir adelante.

Kôrogi echa una ojeada a su reloj de pulsera y, tras desperezarse aparatosamente, se levanta.

–Ya es hora de que vuelva a currar. Tú también deberías echar una cabezada y, en cuanto se haga de día, irte derechita a casa. ¿Vale?

–Vale.

–Y ya verás como lo de tu hermana se arregla. Estoy segura. No sé por qué, pero lo estoy.

–Gracias –dice Mari.

–Mari, ahora parece que no te llevas demasiado bien con ella, pero imagino que hubo una época en que las cosas eran distintas. Intenta recordar los instantes en que te sentías muy próxima a tu hermana, los momentos en que estabais muy unidas. Ahora mismo quizá te sea difícil, pero, si te esfuerzas, lo conseguirás. Piensa que la familia es algo para toda la vida. Seguro que en alguna parte sí que debes de tener algún recuerdo positivo. Aunque sólo sea uno.

–Sí –dice Mari.

–Yo pienso mucho en el pasado, ¿sabes? Especialmente desde que empecé a ir de una punta a otra de Japón, huyendo. Si lo intento con todas mis fuerzas, van acudiendo a mi cabeza un montón de recuerdos, y muy vívidos además. Cosas que había olvidado hacía mucho tiempo, surgen, así, de sopetón. Y resulta muy interesante. La memoria de la gente es la hostia, pero es la cosa más inútil que puedas imaginarte. Se parece a un cajón lleno hasta los topes de chorradas. ¡Y pensar que las cosas importantes de la vida diaria las vamos olvidando una tras otra!

Kôrogi permanece allí plantada, de nuevo con el mando a distancia en la mano.

–Y ¿sabes qué pienso? –dice entonces–. Pues que para las personas, los recuerdos son el combustible que les permite continuar viviendo. Y para el mantenimiento de la vida no importa que esos recuerdos valgan la pena o no. Son simple combustible. Anuncios de propaganda en un periódico, un libro de filosofía, una fotografía pornográfica o un fajo de billetes de diez mil yenes, si los echas al fuego, sólo son pedazos de papel. Mientras los va quemando, el fuego no piensa: «¡Oh, es Kant!», o «Esto es la edición vespertina del *Yomiuri Shinbun*», o «¡Buen par de tetas!». Para el fuego no son más que papelotes. Pues sucede lo mismo. Recuerdos importantes, otros que no lo son tanto, otros que no tienen ningún valor: todos, sin distinción, no son más que combustible. –Kôrogi asiente como para sí. Luego prosigue–: Y ¿sabes? Si a mí me faltara ese combustible, si dentro de mí no hubiera esa especie de cajón de recuerdos, hace tiempo que, ¡cras!, me habría partido en dos. Y me habría muerto en cualquier rincón, tirada como un perro. Gracias a ese montón de recuerdos, valiosos o insignificantes según el momento, que van saliendo del cajón, puedo seguir viviendo, soy capaz de soportar esta pesadilla. Aunque a veces me diga a mí misma que ya no puedo más, los recuerdos me dan fuerza para seguir adelante.

Sentada en la silla, Mari mantiene los ojos mirando hacia arriba, clavados en el rostro de Kôrogi.

–Así que tú también, Mari, rómpete la cabeza e intenta recordar muchas cosas. Sobre tu hermana. Seguro que esos recuerdos se convertirán en un combustible muy valioso. Para ti y, posiblemente, también para tu hermana.

Mari mantiene, sin decir nada, los ojos fijos en el rostro de Kôrogi.

Kôrogi vuelve a mirar el reloj de pulsera.

–Debo irme.

–Gracias. Gracias por todo –dice Mari.

Kôrogi hace un gesto de despedida con la mano y sale del cuarto.

Cuando se queda sola, Mari barre de nuevo el interior de la habitación con la mirada. Una habitación pequeña de un *love-hotel*. Sin ventanas. Si abriera la persiana de tipo veneciano lo único que descubriría sería un hueco en la pared. Sólo la cama es desproporcionadamente grande. A la cabecera hay un montón de interruptores de enigmático uso que recuerdan la cabina de un avión. En el interior de la máquina expendedora automática: vibradores de sugestivas formas y bragas multicolores de diseño radical. Una escena a la que Mari no está acostumbrada en absoluto, pero que no le ofrece una impresión particularmente hostil. En el interior de esa habitación excéntrica, Mari se siente más bien protegida. Se da cuenta de que está tranquila por primera vez en mucho tiempo. Se arrellana en la butaca y cierra los ojos. No tarda en visitarla el sueño. Un sueño corto pero profundo. Lo que ella necesitaba desde hace mucho tiempo.

16

El sótano, con aspecto de almacén, donde dejan ensayar a la banda de madrugada. No hay ventanas. El techo es alto, las cañerías están al descubierto. Debido al deficiente sistema de ventilación no se puede fumar dentro. Por hoy, están a punto de terminar. El ensayo propiamente dicho ya ha llegado a su fin y ahora están enfrascados en improvisaciones libres de jazz. Hay diez personas en total. Entre ellas, dos mujeres. Una toca el piano, la otra descansa con el saxo soprano en la mano. El resto son hombres.

Acompañado por el trío compuesto por el piano eléctrico, el bajo acústico y la batería, Takahashi ejecuta un solo de trombón. *Sonnymoon for Two*, de Sonny Rollins. Un *blues* con un tempo no muy rápido. No toca mal. Lo mejor de su interpretación, más que la técnica, es su manera de ir acumulando frases, casi como si mantuviera una conversación. Quizá sea un reflejo de su personalidad. Con los ojos cerrados, Takahashi se sumerge en la música. De vez en cuando, el saxo tenor, el saxo alto y la trompeta añaden sencillos *riffs* a su espalda. Los que no participan están escuchando mientras beben café del termo, leen la partitura o cuidan el instrumento musical. En los intervalos del solo, lanzan, de vez en cuando, voces de aliento a Takahashi. Como el sonido reverbera mucho en las paredes desnudas, tienen que tocar la batería con escobilla. Esparcidos sobre una mesa improvisada con una larga tabla y sillas tubulares, hay una caja de pizza, un termo de café y vasos de papel. También se ven unas partituras, una grabadora pequeña, la lengüeta de un saxo. Como no hay calefacción, todos tocan con las cazadoras y los abrigos puestos. Entre los músicos que descansan, los hay que incluso se han puesto la bufanda y los guantes. Todo compone una escena bastante singular. El solo de Takahashi acaba. El bajo ejecuta un coro. Al terminar, las cuatro trompas se unen para finalizar la pieza.

Después de este tema hay un descanso de diez minutos. El ensayo ha sido largo y los miembros de la banda deben de estar cansados, porque se les ve más taciturnos que de costumbre. Se preparan para el siguiente tema mientras hacen estiramientos, beben algo caliente, comen galletas o salen afuera a fumarse un pitillo. Sólo la chica del pelo largo que toca el piano permanece todo el tiempo ante su instrumento, incluso durante la pausa, ensayando varias progresiones de acordes. Sentado en una silla tubular, Takahashi recoge las partituras, desmonta el trombón y, tras dejar caer al suelo la saliva acumulada y secarlo someramente con un trapo, lo guarda dentro del estuche. Por lo visto no piensa tomar parte en la ejecución del siguiente tema.

El hombre alto que toca el saxo bajo le da unos golpecitos en la espalda.

–¡Bravo! Ese solo ha sido muy bueno. Estaba lleno de sentimiento.

–Gracias –dice Takahashi.

–Takahashi, ¿ya te vas? –pregunta el hombre del pelo largo que toca la trompeta.

–Sí, hoy tengo algo que hacer –responde Takahashi–. Siento no ayudaros a limpiar luego. Lo siento de veras.

am

La cocina de casa de Shirakawa. Con la señal horaria, empiezan las noticias de NHK de las cinco de la mañana. El locutor lee las noticias con gran formalidad dirigiéndose a la cámara. Shirakawa está sentado a la mesa, viendo las noticias con el volumen bajo. Tan bajo que casi no se oye. Ha dejado la corbata sobre el respaldo de una silla y lleva las mangas de la camisa arremangadas hasta el codo. El envase de yogur está vacío. No parece que le apetezca demasiado ver las noticias. No hay una sola que logre captar su interés. Pero eso ya lo sabía él desde el principio. No puede dormir, eso es todo.

Ante la mesa, abre y cierra despacio, repetidas veces, la mano derecha. No es un simple dolor lo que siente, es un dolor que incluye ciertos recuerdos. Saca una botella verde de Perrier del refrigerador y se la pone sobre el dorso de la mano. Luego desenrosca el tapón, vierte el contenido en un vaso, se lo bebe. Se quita las gafas y se masajea con cuidado el contorno de los ojos. Pero el sueño no acude. Su cuerpo exhausto lo reclama, pero en su mente hay algo que le impide dormir. Algo que le corroe y que no logra ahuyentar de su cabeza. Resignado, Shirakawa vuelve a ponerse las gafas y dirige la vista hacia la pantalla del televisor. Problemas de *dumping* en la exportación del hierro y el acero. Medidas del Gobierno contra la vertiginosa subida del yen. El suicidio de una madre junto con sus dos hijos pequeños. Ha rociado el interior del coche con gasolina y le ha prendido fuego. La imagen del vehículo carbonizado. Todavía humea. Ha empezado la campaña de compras navideñas.

Se acerca el final de la noche, pero para él no parece que se vaya a acabar de una forma tan sencilla. Pronto se levantará su familia. Y él quiere dormirse, sea como sea, antes de que eso ocurra.

am

Una habitación del hotel Alphaville. Mari está hundida en una butaca, descabezando un sueño. Tiene los dos pies, cubiertos con calcetines blancos, apoyados sobre una mesita baja de cristal. Su rostro dormido refleja paz. Boca abajo, sobre la mesa, descansa el grueso libro a medio leer. La luz del techo permanece encendida. Pero a Mari no le molesta la claridad de la habitación. El televisor está apagado y mudo. La cama se ve muy bien hecha. Aparte del monótono zumbido del aire acondicionado del techo no se oye absolutamente nada.

am

La habitación de Eri Asai.

En cierto momento, Eri Asai ha regresado a *este lado*. Vuelve a encontrarse en su cama, sumida en un

217

profundo sueño. Mantiene el rostro vuelto hacia el techo, no hace el menor movimiento. Ni siquiera deja que se oiga la acompasada respiración del sueño. La escena es idéntica a la que presenciamos la primera vez que vinimos a esta habitación. Un silencio pesado, un sueño de una densidad terrorífica. Ninguna ola se riza sobre la superficie de sus pensamientos, lisa como un espejo. Eri está flotando en ella, boca arriba. En la habitación no se observa el más mínimo desorden. El televisor está apagado, frío, de regreso a la cara oculta de la luna. ¿Habrá logrado escapar Eri de aquella habitación enigmática? ¿Habrá podido abrir la puerta?

Nadie contesta a estas preguntas. Nuestros signos de interrogación sin respuesta son succionados, junto con las últimas tinieblas de la noche, por un silencio brusco y desabrido. Lo único que podemos colegir a través de los hechos es que Eri Asai ha vuelto a su cama en esta habitación. Y, al menos por lo que podemos observar, ha logrado regresar a este lado sana y salva, sin que sus contornos se desdibujen. Seguro que, en el último momento, ha logrado escapar por la puerta. O quizás ha descubierto otra salida.

En cualquier caso, parece que ha concluido la serie de extraños acontecimientos que se han producido en esta habitación durante la noche. El ciclo se ha completado, todas las anomalías, sin excepción, se han resuelto, los desconciertos han quedado solventados, todas las cosas han vuelto a su estado original. A nuestro alrededor, causa y consecuencia enlazan sus manos, la síntesis y la disolución mantienen un equilibrio perfecto. En definitiva, todo se ha desarrollado en un lugar inaccesible, similar a una profunda grieta. En el periodo de tiempo que va de la medianoche al alba, ese tipo de lugares abre puertas furtivamente en las tinieblas. En esos lugares, nuestros principios carecen de toda efectividad. Nadie puede prever dónde y cuándo van a engullir esos abismos a una persona; dónde y cuándo van a escupirla.

Eri, ahora, sin la menor duda, sigue durmiendo ordenadamente en su cama. Su negra cabellera, convertida en un elegante abanico, extiende sobre la almohada mudos significados. Se siente la presencia del alba. Ya han transcurrido las horas de la noche en que las tinieblas son más densas.

Pero ¿realmente está sucediendo eso?

am

Interior del 7-Eleven. Con el estuche del trombón colgado a la espalda, Takahashi elige su comida con expresión grave. Algo para llevarse a su apartamento, para comérselo cuando se despierte. Es el único cliente. Por los altavoces del techo suena *Bakudan Júsu* de

Shikao Suga. Se decide por un sándwich de ensalada de atún metido en un envase de plástico y luego coge un tetrabrik de leche y compara la fecha de caducidad con las de otros. Por lo visto, la leche es un alimento que, para él, reviste una importancia vital. No descuida el menor detalle.

Justo entonces empieza a sonar el teléfono móvil depositado en el estante de los quesos. El teléfono que Shirakawa ha dejado allí poco antes. Takahashi hace una mueca y mira el teléfono con extrañeza. ¿Quién diablos habrá olvidado el móvil en semejante lugar? Lanza una ojeada hacia la caja registradora, pero allí no hay ningún cliente. El teléfono continúa sonando. Takahashi se siente obligado a coger el pequeño móvil plateado y a pulsar el botón de llamada.

–¡Diga!

–No escaparás –le suelta inopinadamente una voz masculina–. No escaparás. Por más lejos que vayas, te atraparemos.

Una cadencia monótona, como si estuviera leyendo un texto impreso. No transmite emoción alguna. Por supuesto, Takahashi no tiene la menor idea de qué le están hablando.

–Oye, espera un poco –le dice Takahashi alzando la voz.

Sin embargo, sus palabras no parecen llegar a oídos de su interlocutor. El hombre que llama prosigue unilateralmente con su voz carente de modulación. Como si estuviera grabando un mensaje en el contestador automático.

–Un día te daremos unos golpecitos en la espalda. Sabemos qué cara tienes.

–Pero ¡¿qué dices?!

El hombre continúa:

–Un día notarás unos golpecitos en el hombro. Seremos nosotros.

Sin saber muy bien qué responder, Takahashi se queda en silencio. Nota en la mano el desagradable tacto helado del teléfono, que ha permanecido largo tiempo en el frigorífico.

–Quizá tú lo olvides. Pero nosotros no lo olvidaremos.

–¡Eh, tú! No sé de qué me hablas, y creo que te equivocas de persona –exclama Takahashi.

–No escaparás.

La llamada se corta de repente. La línea telefónica está muerta. El mensaje final queda abandonado en una playa desierta. Takahashi permanece con la vista clavada en el teléfono que tiene en la mano. Ignora totalmente qué tipo de gente debe de ser ese «nosotros» a quien se refería el hombre y a quién iba dirigida la llamada, pero la voz todavía reverbera en su oído (en la oreja del lóbulo deformado) como el eco de una maldición absurda que le ha dejado un regusto muy desagradable. En la mano nota un tacto resbaladizo, como si acabara de sujetar una serpiente.

Por una u otra razón, a alguien lo están persiguiendo varias personas, deduce Takahashi. Y, a juzgar por el tono categórico del hombre del teléfono, es muy probable que ese alguien no logre escapar.

Algún día, en alguna parte, cuando menos se lo espere, notará unos golpecitos en el hombro. Y ¿qué ocurrirá a continuación?

«En todo caso, eso no tiene nada que ver conmigo», se dice Takahashi. Debe de tratarse de uno de los actos brutales y sangrientos que se producen en los bajos fondos de la ciudad sin que la gente lo sepa. Algo que pertenece a un mundo distinto, algo que circula por un circuito distinto. «Yo sólo pasaba por aquí. Un móvil estaba sonando en el estante de la tienda y he contestado por pura amabilidad. Porque pensaba que alguien había olvidado el móvil y quería localizarlo.»

Takahashi cierra el móvil y lo devuelve al lugar donde estaba. Junto a una caja de camembert en porciones. Es mejor desvincularse del teléfono. Mejor irse lo antes posible de allí, alejarse de aquel circuito peligroso. Se dirige a paso rápido a la caja, saca un montón de monedas del bolsillo, paga el sándwich y la leche.

am

Takahashi sentado solo en el banco de un parque. Del pequeño parque de antes, el de los gatos. No hay

222

nadie más. Dos columpios, uno junto al otro, el suelo cubierto de hojarasca. La luna flota en el cielo. Takahashi saca su móvil del bolsillo y pulsa un número.

La habitación del Alphaville donde se encuentra Mari. Suena el teléfono. Al cuarto o quinto timbrazo, ella se despierta. Hace una mueca, lanza una ojeada al reloj. Se levanta de la butaca, alcanza el auricular.

–Diga –contesta con voz insegura.

–¡Hola! Soy yo. ¿Estabas durmiendo?

–Un rato –dice Mari. Cubre el auricular con la mano y carraspea–. Pero no importa. Sólo estaba echando una cabezada en la butaca.

–Oye, si te apetece, podemos ir a desayunar. A aquel café del que te he hablado antes, el de la tortilla. Claro que si prefieres comer otra cosa, seguro que también está buena.

–¿Ya has terminado de ensayar? –pregunta Mari. Pero a duras penas logra reconocer su propia voz. Yo soy yo, y no soy yo.

–Sí, ya estoy. Y ahora me muero de hambre. ¿Y tú?

–Pues, yo, la verdad es que no. Preferiría volver a casa.

–Vale. Entonces te acompaño hasta la estación. Creo que ya habrá salido el primer tren.

–Desde aquí puedo ir sola a la estación –replica Mari.

–Es que me gustaría hablar un rato más contigo –dice Takahashi–. Podemos charlar por el camino. Siempre que a ti no te moleste, claro.

–No, no me molesta.

–Entonces, te paso a recoger dentro de diez minutos. ¿Vale?

–Vale –responde Mari.

Takahashi corta la comunicación, cierra el móvil y se lo guarda en el bolsillo. Se levanta del banco, se despereza aparatosamente y alza la vista hacia lo alto. El cielo todavía está oscuro. En él flota la misma luna en cuarto creciente que antes. Visto desde aquel rincón de la ciudad poco antes del alba, parece extraño que en el cielo flote, en balde, un cuerpo de tal envergadura.

–No escaparás –dice Takahashi en voz alta contemplando la luna en cuarto creciente.

El eco enigmático de esas palabras permanece en su interior como una metáfora. *«No escaparás. Quizá tú lo olvides. Pero nosotros no lo olvidaremos»*, dice el hombre del teléfono. Mientras reflexiona sobre el significado de esas palabras empieza a creer que el mensaje se dirige, directa y personalmente, a él y no a otra persona. Aquello quizá no haya ocurrido por casualidad. Quizás el teléfono estuviera agazapado en silencio en el estante de la tienda esperando a que él pasara por delante. *«Nosotros»*, piensa Takahashi. «¿Quién diablos será ese "nosotros"? ¿Y qué diablos es lo que no van a olvidar?»

Takahashi se cuelga al hombro el estuche del instrumento musical y la bolsa de lona y dirige sus pasos tranquilamente hacia el Alphaville. Mientras camina se frota, con la palma de la mano, las mejillas

224

cubiertas de una barba incipiente. Las últimas tinieblas de la noche envuelven la ciudad como si fuesen una membrana. Los camiones de la basura empiezan a aparecer por las calles. Las personas que han pasado la noche en diversos puntos de la ciudad comienzan a dirigirse hacia las estaciones. Igual que un banco de peces remontando juntos la corriente, todos tienen el mismo objetivo: el primer tren de la mañana. Personas que por fin salen del trabajo, jóvenes que se han divertido toda la noche; sea cual sea su situación e identidad, todos caminan taciturnos por igual. Ni siquiera la joven pareja que está estrechamente abrazada ante la máquina expendedora de bebidas tiene ya algo que decirse. Sólo se reparten, sin palabras, el tenue calor que todavía se conserva en sus cuerpos.

El nuevo día está a punto de llegar, pero el viejo día aún arrastra los pesados bajos de su ropaje. Igual que el agua del mar y la del río compiten con fiereza en la desembocadura, el nuevo día y el viejo se disputan su espacio y acaban fundiéndose. Takahashi es incapaz de discernir en cuál de las dos orillas, de los dos mundos, se encuentra en ese momento su centro de gravedad.

17

Mari y Takahashi caminan por la calle uno junto al otro. Mari se ha colgado el bolso bandolera del hombro y tiene la gorra de los Red Sox bien encasquetada en la cabeza. No lleva las gafas puestas.

–¿Cómo te encuentras? ¿No te caes de sueño? –pregunta Takahashi.

Mari niega con la cabeza.

–Hace un rato he echado una cabezada.

–Oye, en cuanto a lo que hablábamos antes. Lo de Eri Asai –dice Takahashi decidido a abordar el tema–. Mira, si no quieres hablar de ello ahora, lo dejamos, pero me gustaría hacerte una pregunta.

–Sí.

–Has dicho que tu hermana está durmiendo desde hace tiempo. Que no quiere despertar. Es eso, ¿no?

–Sí.

–Pues bien, yo no conozco las circunstancias exactas, pero lo que estás diciendo, en resumen, es que se encuentra en estado de coma, ¿no? O que ha perdido el conocimiento...

Mari balbucea:

–No es eso. En estos momentos, su vida no parece correr ningún peligro. Sólo es que... En fin, que está durmiendo.

–¿Sólo está durmiendo? –pregunta Takahashi.

–Sí, sólo que... –empieza a decir Mari y lanza un suspiro–. Mira, lo siento, pero todavía no me siento capaz de hablar de ello.

–Vale. Si no puedes, no lo hagas. No pasa nada.

–Estoy cansada y no puedo ordenar mis ideas. Además, ni siquiera reconozco mi propia voz.

–Ya hablaremos *otro día*. En otra ocasión. Dejémoslo ahora.

–De acuerdo –dice Mari con alivio.

Luego, durante unos instantes, no dicen nada. Simplemente dirigen sus pasos hacia la estación. Mientras anda, Takahashi silba flojito.

–¿Y a qué hora amanecerá por fin? –le pregunta Mari.

Takahashi lanza una ojeada al reloj de pulsera.

–A ver, en esta época del año..., pues, más o menos, a las 6:40. Resulta que en esta época del año las noches son más largas. Aún será de noche un rato más.

–Ya estoy harta de la oscuridad.

–Es que, originariamente, a estas horas tendríamos que estar durmiendo, ¿sabes? –dice Takahashi–. Si miráramos el curso de la historia, hace muy poco tiempo que el ser humano empezó a poder salir sin peligro durante las horas de oscuridad. Antiguamente, los hombres, en cuanto anochecía, tenían que refugiarse en las cavernas para proteger sus vidas. Y nuestro reloj biológico todavía está programado para dormir en cuanto se pone el sol.

—Tengo la sensación de que ha transcurrido muchísimo tiempo desde que anocheció ayer por la tarde.

—Sí, de hecho, ha transcurrido mucho tiempo.

Hay un enorme camión estacionado frente a un drugstore y, a través de la puerta metálica medio abierta, el conductor está descargando en la tienda las mercancías que transporta. Ellos dos pasan justo por delante.

—Oye, Mari, ¿podré volver a verte pronto? —pregunta Takahashi.

—¿Por qué?

—¿Por qué? —repite Takahashi—. Pues porque me gustaría volver a verte y charlar contigo un rato. Si es posible, a una hora más normal.

—¿Te refieres a una cita?

—Bueno, tal vez pueda llamarse así.

—¿Y de qué hablaríamos?

Takahashi reflexiona un poco.

—¿Me estás preguntando qué temas de conversación podemos tener en común tú y yo?

—Sí, exceptuando a Eri, claro.

—Pues, no lo sé. Si me lo preguntas así, de sopetón, no se me ocurre ningún tema en concreto. Así, de pronto. Pero tengo la sensación de que, si nos viéramos, podríamos hablar de muchas cosas.

—Pues yo no creo que hablar conmigo sea muy divertido, la verdad.

–¿Te lo han dicho alguna vez? ¿Que hablar contigo no es divertido?

Mari niega con la cabeza.

–No, no exactamente.

–Pues, entonces, no tienes por qué preocuparte.

–Lo que sí me dicen a veces es que tengo un carácter un poco sombrío –confiesa Mari con franqueza.

Takahashi se pasa el estuche del instrumento musical del hombro derecho al izquierdo. Después dice:

–¿Sabes? Nuestra vida no se divide entre la luz y la oscuridad. No es tan simple. En medio hay una franja de sombras. Distinguir y comprender esos matices es signo de una inteligencia sana. Y conseguir una inteligencia sana requiere, a su modo, tiempo y esfuerzo. No, yo no creo que tengas un carácter sombrío.

Mari reflexiona sobre las palabras de Takahashi.

–Pero soy una cobarde.

–No, en absoluto. Una chica cobarde no saldría por las calles sola, de noche, tal como has hecho tú. Tú buscabas algo aquí, ¿verdad?

–¿A qué te refieres con *aquí?* –pregunta Mari.

–Pues a un lugar distinto al de siempre. A una zona fuera de tu territorio. A eso me refería.

–Me pregunto si habré encontrado algo por aquí.

Takahashi sonríe y mira fijamente a Mari.

–Al menos, a mí me gustaría volver a verte y charlar contigo. Lo deseo.

Mari clava la mirada en Takahashi. Sus ojos se encuentran.

–Pero eso será difícil –dice ella.

–¿Difícil?

–Sí.

–Quiere eso decir que tal vez no nos veamos más.

–Siendo realista, sí –dice Mari.

–¿Sales con alguien?

–No.

–Entonces ¿es que yo no te acabo de gustar?

Mari niega con la cabeza.

–No es eso. Es que el lunes de la semana que viene ya no estaré en Japón. Me voy a una universidad de Pekín, con un programa de intercambio de estudiantes, y me quedaré allí, en principio, hasta junio del año que viene.

–Comprendo –dice Takahashi admirado–. Ya veo que eres una estudiante sobresaliente.

–Rellené la solicitud sólo para probar, pensando que me la denegarían, pero al final me han aceptado. Todavía estoy en primero y creía que no tenía ninguna posibilidad, pero como es un programa especial...

–¡Qué suerte! ¡Felicidades!

–Salgo dentro de pocos días y antes de irme voy a estar muy ocupada preparando el viaje, ¿sabes?

–Claro.

–¿Claro, qué?

–Que tienes que preparar muchas cosas para ir a Pekín y que vas a estar muy ocupada con esto y aquello, así que no tendrás tiempo de verme. Claro –declara Takahashi–. Lo entiendo perfectamente. Vale. No pasa nada. Te esperaré.

–Pero no volveré a Japón hasta dentro de más de medio año.

–¡Bah! Soy una persona muy paciente. Además, matar el tiempo se me da de maravilla. ¿Te importaría darme tu dirección de allí? Así podré escribirte.

–Bueno. Como quieras.

–Si te escribo, ¿me responderás?

–Sí –dice Mari.

–Y luego, cuando regreses el verano que viene, podemos concertar una cita, o como quieras que se llame. Iremos al zoo, al jardín botánico o al acuario y después nos comeremos una buena tortilla. A ser posible, políticamente correcta, claro.

Mari vuelve a clavar la mirada en el rostro de Takahashi. Luego, como si quisiera comprobar algo, lo mira fijamente a los ojos.

–¿Y por qué te intereso yo?

–Sí, ¿verdad? ¿Por qué será? En estos momentos, ni yo mismo me lo explico. Pero, si nos vemos y hablamos, quizá llegue el día en que empiece a sonar por alguna parte una música tipo Francis Lai y yo sea capaz de darte una serie de razones concretas, una después de otra, explicándote por qué has despertado mi interés. A lo mejor, incluso la nieve alcanza un espesor considerable.

Al llegar a la estación, Mari saca una pequeña agenda roja del bolsillo, escribe una dirección de Pekín, arranca la página y se la entrega a Takahashi. Él la dobla por la mitad y se la guarda en la cartera.

–Gracias. Te escribiré largas cartas –dice él.

Mari se detiene ante las máquinas para validar los billetes que dan paso a los andenes y se queda reflexionando. Duda si decirle o no lo que está pensando.

–Antes me he acordado de algo acerca de Eri –dice Mari, decidida finalmente a hablar–. Lo había olvidado durante mucho tiempo, pero después de recibir tu llamada, mientras estaba sentada medio dormida en la butaca del hotel, me ha venido de pronto a la cabeza. Así, sin más. Pero no sé si éste es el mejor momento para contártelo.

–Claro que sí.

–Es que quiero contárselo a alguien mientras me acuerde bien de todo –dice Mari–. Me da miedo empezar a olvidar los pequeños detalles, ¿sabes?

Takahashi se lleva una mano a la oreja como diciendo: «Soy todo oídos».

Mari empieza a hablar:

–Cuando iba al parvulario, un día Eri y yo nos quedamos atrapadas dentro del ascensor de casa. Creo que fue por culpa de un terremoto. A medio camino, el ascensor sufrió una fuerte sacudida y se detuvo. Al mismo tiempo, se apagaron las luces y nos quedamos completamente a oscuras. Del todo. En serio. Ni siquiera podía verme la mano. En el ascensor no había nadie más. Estábamos solas. A causa del pánico, yo me quedé paralizada. Como si me hubiera convertido en un fósil vivo. No podía mover un solo dedo. Me costaba respirar, no podía emitir ningún sonido. Eri me llamaba, pero yo me sentía incapaz de responderle. Era como si el interior de mi cabeza se hubiese quedado embotado. Y la voz de Eri parecía que me estuviese llegando a través de una rendija...

Mari cierra los ojos durante unos instantes, revive la negrura de las tinieblas dentro de su cabeza.

–No recuerdo cuánto tiempo duró la oscuridad –prosigue–. A mí me pareció terriblemente largo, pero es posible que no lo fuera tanto. Pero ya fueran cinco o veinte minutos, la duración del tiempo en sí misma no cuenta. Lo que importa es que Eri me estuvo abrazando todo el rato en medio de la oscuridad. Además, el suyo no era un abrazo normal. Era tan estrecho, tan fuerte, que parecía que nos fuésemos a fundir las dos en un solo cuerpo. Ella no aflojó la presión en ningún momento. Como si pensara que, en cuanto nos separáramos, ya no podríamos volver a reencontrarnos jamás en este mundo.

Takahashi permanece en silencio, apoyado en la máquina de validar los billetes, esperando a que Mari prosiga. Ella saca la mano derecha de la cazadora y se la queda observando unos instantes. Alza la cabeza y continúa hablando:

–Por supuesto, ella también debía de sentir un miedo horroroso. Juraría que estaba tan aterrada como yo. Seguro que tenía ganas de gritar y de llorar. Piensa que Eri sólo estaba en segundo de primaria. Pero ella guardó la calma. Seguro que decidió hacer de tripas corazón y ser fuerte. Seguro que pensó que ella era la mayor y que debía ser fuerte por mí. Y me es-

234

tuvo susurrando al oído: «Tranquila. No pasa nada. Estás conmigo y ya verás como enseguida nos sacan de aquí». Con una voz muy firme y tranquila. Como un adulto. Y ahora no recuerdo qué, pero me cantó una canción. Yo también quise unirme a ella y cantar, pero no pude. Del pánico, no me salía la voz. Pero Eri cantó sola, para mí, hasta el final. Yo me sentía arropada entre sus brazos y me confié completamente a ella. Y, en medio de la oscuridad, las dos nos convertimos en una, sin fisuras de ningún tipo. Nuestros corazones latieron al unísono. Luego, de súbito, volvió la luz y el ascensor se puso en marcha con una sacudida.

Aquí, Mari hace una pausa. Sigue el hilo de sus recuerdos, busca las palabras.

—Pero aquélla fue la última vez. Aquélla fue..., ¿cómo te diría?..., fue la vez que más cerca he estado de Eri. El instante en que unimos nuestros corazones y llegamos a ser una, sin nada que se interpusiera entre ambas. Tengo la sensación de que, a partir de aquel momento, empezamos a separarnos, cada vez más. Hasta que acabamos viviendo en dos mundos aparte. Aquel estrecho vínculo de nuestros corazones, aquella comunión que sentí en la oscuridad del ascensor no se repitió jamás. No sé qué falló. Pero nosotras fuimos incapaces de volver al punto de partida.

Takahashi alarga la mano y sujeta la mano de Mari. Ella se sorprende un poco, pero no la retira. Takahashi, en silencio, mantiene cariñosamente aferrada la mano de Mari. Una mano pequeña y suave.

—La verdad es que no quiero marcharme –dice Mari.

—¿A China?

—Sí.

—¿Y por qué?

—Porque tengo miedo.

—Es normal que lo tengas. Te vas sola, lejos, a un lugar desconocido –dice Takahashi.

—Ya.

—Pero saldrás adelante. Todo irá bien. Y yo estaré aquí, esperando a que vuelvas.

Mari asiente.

Takahashi dice:

—Eres muy bonita. ¿Lo sabías?

Mari levanta la cabeza y mira fijamente a Takahashi. Luego, retira la mano y la mete en el bolsillo de la cazadora. Se mira los pies. Se cerciora de que las zapatillas de deporte de color amarillo estén limpias.

—Gracias. Pero, ahora, quiero volver a casa.

—Te escribiré –dice Takahashi–. Unas cartas tan exageradamente largas como las que salen en las novelas antiguas.

—De acuerdo –dice Mari.

Valida el billete en la máquina, se dirige hacia los andenes y desaparece en un tren expreso que está allí detenido. Takahashi la sigue con la mirada. Poco después, suena la señal acústica, las puertas se cierran y el tren se aleja del andén. Cuando éste deja de verse, Takahashi se cuelga al hombro el estuche de su instrumento musical, que había dejado en el suelo, y empieza a andar hacia la estación de Japan Railways silbando flojito. El número de personas que van y vienen por el recinto de la estación va aumentando poco a poco.

18

La habitación de Eri Asai.

Fuera crece la claridad. Eri Asai está acostada en su cama. Ni la expresión de su rostro ni la postura en que yace han cambiado desde la última vez que la vimos. La cubre el tupido manto del sueño.

Mari entra en la habitación. Abre la puerta sin hacer ruido para que su familia no se entere, accede al interior y cierra la puerta con cuidado. El silencio y la frialdad de la estancia le provocan cierto desasosiego. Se queda plantada junto a la puerta, barre el interior de la habitación con ojos cautelosos. Ante todo, verifica que se trata de la misma habitación de siempre. Con aire precavido, comprueba que no haya nada anómalo, que nada desconocido se oculte en ningún rincón. Luego se acerca a la cama, baja los ojos hasta el rostro de su hermana profundamente dormida. Alarga la mano, la posa con dulzura sobre su frente, la llama en voz baja. Pero no se produce la menor reacción. Como de costumbre. Mari arrastra la silla giratoria que hay frente al escritorio hasta la cabecera de la cama y se sienta. Inclinada hacia delante estudia con gran atención, desde muy cerca, el rostro de su hermana. Como si buscara el significado de una clave que se ocultase en él.

Transcurren unos cinco minutos. Mari se levanta de la silla, se quita la gorra de los Red Sox, se pone en orden el pelo alborotado. Se quita el reloj de pulsera, lo coloca todo sobre el escritorio de su hermana. Se quita la cazadora, se quita la sudadera con capucha. Se quita la camisa de franela de cuadros que lleva debajo y se queda sólo con una camiseta blanca. Se quita los gruesos calcetines de deporte, se quita los vaqueros. Se desliza suavemente dentro de la cama de su hermana. Una vez que su cuerpo se ha habituado al lugar, rodea con su delgado brazo el cuerpo dormido, vuelto hacia arriba, de su hermana. Presiona dulcemente la mejilla contra su pecho y permanece así, inmóvil. Aguza el oído para distinguir, uno a uno, los latidos del corazón de su hermana. Mientras los escucha, Mari cierra los ojos con placidez. Pronto, sin previo aviso, de esos ojos cerrados empiezan a brotar lágrimas. Grandes lagrimones, totalmente espontáneos. Las lágrimas ruedan por sus mejillas y, al caer, humedecen el pijama de su hermana. Después, más lágrimas empiezan a rodar por sus mejillas.

Mari se incorpora sobre la cama, se enjuga las lágrimas con la yema del dedo. La embarga una terrible sensación de culpabilidad, una culpabilidad relacionada con algo..., aunque es incapaz de concretar qué. Siente que ha cometido un error irreparable. Es una sensación totalmente inesperada que no responde a lógica alguna. Pero que resulta imposible de ignorar. Sus ojos siguen anegándose en lágrimas. Mari toma en la palma de la mano las lágrimas que caen rodando por sus mejillas. Las lágrimas recién caídas son tibias como la sangre. Todavía conservan el calor del cuerpo. A Mari se le ocurre de repente: «Yo podría haber estado en un lugar distinto a *éste*. Y Eri también podría haber estado en un lugar distinto a *éste*».

Por si acaso, Mari vuelve a echar una mirada a su alrededor y, luego, baja los ojos hacia el rostro de Eri. Un bello rostro dormido. Es muy hermosa. Tanto como para guardarla en una vitrina de cristal. Casualmente, le ha abandonado la conciencia. Ésta se esconde, permanece oculta. Pero debe de estar fluyendo, como una corriente subterránea, por alguna parte adonde no llegan nuestros ojos. Mari puede captar su débil eco. Aguza el oído. «No está muy lejos de aquí. Y seguro que esta corriente se está mezclando en algún lugar con mi propia corriente.» Mari lo percibe. «Porque nosotras somos hermanas.»

Se inclina y deposita un breve beso en la frente de Eri. Alza la cabeza, vuelve a bajar los ojos hacia el rostro de su hermana. Deja que el tiempo pase al interior de su corazón. Vuelve a darle otro beso. Ahora, más largo. Con más suavidad. A Mari le da la sensación de estar besándose a sí misma. Mari y Eri. Una sílaba distinta. Sonríe. Luego se hace un ovillo al lado de su hermana, aliviada, dispuesta a dormir. Quiere pegarse a su hermana y compartir con ella el calor de su cuerpo. Quiere intercambiar con ella sus signos de vida.

«Vuelve, Eri», le susurra al oído. «¡Por favor!», le dice. Entonces cierra los ojos, se relaja. Al cerrar los ojos, el sueño, como si fuera una suave ola encrespada, llega de mar adentro y la envuelve. El llanto ha cesado.

Al otro lado de la ventana, la claridad crece deprisa. Brillantes hilos de luz penetran en la estancia a través de las rendijas de la persiana. La vieja temporalidad ha perdido eficacia y se retira a un segundo término. Mucha gente sigue balbuciendo el viejo idioma. Pero, bañadas por la luz del nuevo sol que acaba de nacer, los matices de las palabras están mudando con celeridad, renovándose. Aunque gran parte de esos matices sean algo transitorio que sólo dure hasta el atardecer de hoy, nosotros tenemos que dejar transcurrir el tiempo y avanzar junto a ellos.

En un rincón de la habitación se ve un destello momentáneo sobre la pantalla del televisor. Parece que un foco de luz vaya a brotar de los rayos catódicos. Hay signos de que *algo* empieza a moverse allí. Se produce un pequeño temblor que insinúa una imagen. ¿Se habrá vuelto a conectar el circuito? Conteniendo el aliento, estamos atentos a su evolución. Un instante después, en la pantalla ya no aparece nada. Lo único que muestra es el vacío.

Quizá lo que *creemos* haber visto no sea más que una ilusión. Tal vez, debido a algo, la luz que penetra por la ventana haya vibrado y ese movimiento se haya reflejado en el cristal de la pantalla. El silencio sigue reinando en la habitación. Sin embargo, su peso y profundidad han disminuido claramente respecto a antes, han retrocedido. Ahora, el canto de los pájaros puede llegar a nuestros oídos. Si los aguzamos más, tal vez podamos percibir el rodar de las bicicletas por la calle, las voces de la gente, el parte meteorológico de la radio. La luz de una mañana ordinaria está lavando, en balde, el mundo de punta a punta. Las dos jóvenes hermanas duermen secretamente, con los cuerpos muy juntos, en la pequeña cama. Aparte de nosotros, tal vez nadie lo sepa.

am

Interior del 7-Eleven. Lista en mano, el dependiente está en cuclillas en mitad del pasillo repasando las existencias. Suena *hip-hop* en japonés. El dependiente es un hombre joven. El mismo que hace un rato, en la caja, le ha cobrado a Takahashi el importe de su compra. Delgado y con el pelo castaño. Ahora, a punto de acabar el turno de noche, parece cansado y va soltando grandes bostezos, uno detrás de otro. Mezclado con la música, se oye un teléfono móvil. El dependiente se pone en pie y echa una mirada por el interior de la tienda. Va asomándose, uno tras otro, a los pasillos. No hay ningún cliente. Está solo. Pero el móvil sigue sonando con insistencia. Es extraño. Tras buscarlo por todas partes, consigue localizarlo por fin en un estante del frigorífico de los productos lácteos. Un teléfono móvil abandonado.

«¡Será posible! ¿Quién se habrá dejado el móvil ahí? ¡Hay que estar chiflado!» Chasquea la lengua y, con cara de fastidio, alcanza el pequeño aparato frío, aprieta el botón de llamada y se lo acerca al oído.

–Diiiga –contesta el dependiente.

–Quizá te creas que te has salido con la tuya –anuncia una voz carente de inflexión.

–¡Diga! –grita el dependiente.

–Pero no escaparás. Vayas a donde vayas, no escaparás. –Y, tras un corto silencio cargado de significado, la comunicación se corta.

am

Convertidos en un punto de vista único y puro nos encontramos en las alturas, sobre la ciudad. Lo que vemos ahora es el cuadro de una enorme metrópolis que se despierta. Trenes de cercanías pintados de diferentes colores se desplazan cada uno en una dirección distinta llevando a mucha gente de un lugar a otro. Ellos, los transportados, son individuos con un rostro y una mentalidad distintos, pero, a la vez, son *parte* anónima de un conjunto. Son una totalidad, pero, a la vez, sólo una pieza. Y, manejando esta dualidad de un modo hábil y acomodaticio, todos llevan a cabo sus ritos matutinos con precisión y rapidez. Se lavan los dientes, se afeitan, eligen una corbata, se pintan los labios. Ven las noticias de la televisión, intercambian algunas palabras con su familia, comen, defecan.

Junto con el alba, llegan los cuervos en bandadas a la ciudad en busca de alimento. Sus alas negrísimas y aceitosas brillan al sol de la mañana. La dualidad no reviste una gran importancia ni para los cuervos ni para los seres humanos. Asegurarse los nutrientes necesarios para la propia supervivencia: éste es, para ellos, el asunto primordial. Los camiones aún no han recogido toda la basura de las calles. Es una ciudad gigantesca y produce cantidades ingentes de desechos. Entre graznidos alborozados, los cuervos se lanzan sobre todos los rincones de la ciudad, como bombarderos en picado.

El nuevo sol vierte una nueva luz sobre las calles. Los cristales de los rascacielos lanzan destellos cegadores. En el cielo no hay ni una sola nube. Por ahora, no descubrimos ni un solo jirón. Sólo la neblina de la polución se extiende a lo largo de la línea del horizonte. La luna en cuarto creciente flota en el cielo del oeste convertida en una muda y pétrea masa de color blanco, en un mensaje perdido en la lejanía. Los helicópteros de los boletines informativos

245

sobrevuelan el cielo con un movimiento nervioso, enviando a las emisoras imágenes del estado del tráfico en las carreteras. En la autopista de la capital, los vehículos que acceden a la ciudad ya han empezado a formar retenciones ante los peajes. Frías sombras se extienden aún en muchas calles encajonadas entre los edificios. En ellas todavía permanecen intactos muchos recuerdos de la noche anterior.

am

Nuestra mirada se aleja del cielo sobre el centro de la ciudad y se traslada a una tranquila zona residencial de las afueras. Bajo nuestros ojos se alinean casas de dos pisos con jardín. Desde lo alto, todas parecen casi idénticas. Ingresos similares, composición familiar similar. Un Volvo nuevo de color azul marino brilla con orgullo al sol de la mañana. Una red para hacer prácticas de golf instalada en un jardín con césped. La edición matutina del periódico acabada de repartir. Personas que pasean perros de gran tamaño. Los sonidos de los preparativos del desayuno que se oyen a través de las ventanas de las cocinas. Voces de personas que se llaman unas a otras. Aquí también está empezando un nuevo día. Quizá sea un día como los demás, o quizá sea un día relevante que, por diferentes razones, quede grabado en la memoria. En cualquier caso, por el momento, todo el mundo tiene ante sí una hoja en blanco, sin nada escrito.

Elegimos una de esas viviendas que parecen iguales y nos dirigimos directamente hacia allí abajo. Atravesamos la ventana del primer piso, con la persiana de color crema bajada, y entramos, sin hacer ruido, en la habitación de Eri Asai.

Mari está durmiendo en el lecho con el cuerpo pegado al de su hermana. Su respiración, mientras duerme, es muy tenue. Por lo que podemos apreciar, su sueño es plácido. Tal vez se deba a que su cuerpo se ha caldeado, pero lo cierto es que parece haberse intensificado el color de sus mejillas. El flequillo le cae sobre los ojos. Quizás esté soñando, o quizá sea la reminiscencia de un sueño, pero sobre sus labios flota la sombra de una sonrisa. Mari ha atravesado largas horas de tinieblas, ha intercambiado muchas palabras con las personas de la noche que se ha encontrado allá y ahora, finalmente, está de vuelta al lugar al que pertenece. A su alrededor ya no hay nada que la amenace, al menos de momento. Ella tiene diecinueve años y está protegida por un techo y unas paredes. Está protegida por el jardín de césped, la alarma de seguridad, el coche Wagon acabado de encerar y los inteligentes perros de gran tamaño que pasean por el vecindario. El sol de la mañana que penetra por la ventana la envuelve con dulzura, caldea su cuerpo. La mano izquierda de Mari descansa sobre la negra cabellera de Eri desparramada sobre la almohada. Sus dedos, un poco doblados, se abren blandamente trazando un arco natural.

Por lo que se refiere a Eri, lo cierto es que ni su postura ni la expresión de su rostro han experimentado el menor cambio. No parece haberse dado cuenta de que su hermana se ha escurrido dentro de la cama y que, ahora, está durmiendo a su lado.

Pero, poco después, los pequeños labios de Eri se mueven ligeramente, como si estuviera reaccionando a algo. Un rápido temblor que dura un instante, décimas de segundo. Pero a nosotros, convertidos en un puro y agudo punto de vista, no se nos puede pasar por alto semejante movimiento. Hemos fijado bien en nuestra retina esa señal momentánea de su cuerpo. El temblor de ahora quizá sea un humilde primer indicio de algo que está por venir. O quizá sea un humilde presagio de ese humilde primer indicio. En cualquier caso, ha abierto una pequeña grieta en su conciencia y algo se dispone a enviar *señales* a este lado. Ésta es la certera impresión que nos da. Y nosotros observamos, furtivamente, con gran atención, cómo ese presagio, sin nada que se interponga en su camino, va cobrando forma despacio, envuelto por la luz nueva de la mañana. La noche se ha acabado por fin. Aún falta mucho tiempo para que nos visiten de nuevo las tinieblas.

Últimos títulos

NOTICIAS DE LA NOCHE
Petros Márkaris

LAS EDADES DE LULÚ
Almudena Grandes

PASADO PERFECTO
Leonardo Padura

LA PIRÁMIDE
Henning Mankell

UNA PRINCESA EN BERLÍN
Arthur R.G. Solmssen

LA DESPEDIDA
Milan Kundera

AFTER DARK
Haruki Murakami

EL CAMINO BLANCO
John Connolly

SÓLO UN MUERTO MÁS
Ramiro Pinilla

CUENTOS ERÓTICOS DE VERANO
VV.AA.

EL CHINO
Henning Mankell

TE LLAMARÉ VIERNES
Almudena Grandes

MUNDO DEL FIN DEL MUNDO
Luis Sepúlveda

LA ÚLTIMA NOCHE EN TWISTED RIVER
John Irving

LOS ATORMENTADOS
John Connolly

LA LENTITUD
Milan Kundera

GROUCHO Y YO
Groucho Marx

DIARIO DE UN KILLER SENTIMENTAL
seguido de YACARÉ
Luis Sepúlveda

SEDA ROJA
Qiu Xiaolong

DE QUÉ HABLO CUANDO HABLO DE CORRER
Haruki Murakami

TEA-BAG
Henning Mankell

MÁSCARAS
Leonardo Padura

LOS HOMBRES DE LA GUADAÑA
John Connolly

LA IDENTIDAD
Milan Kundera

INÉS Y LA ALEGRÍA
Almudena Grandes

LIGEROS LIBERTINAJES SABÁTICOS
Mercedes Abad